Rosalie Linner

Alle meine Kinder

Rosalie Linner

Alle meine Kinder

Eine Landhebamme erzählt

rosenheimer

Bearbeitung und Lektorat: Angelika Oberauer, Siegsdorf
Schlussredaktion: Ulrike Nikel, Herrsching am Ammersee
Titelfoto: SV-Bilderdienst, Scherl
Satz: Buch-Werkstatt GmbH, Bad Aibling
Druck und Bindung: CPI Moravia Books, Pohořelice
Printed in Czech Republic

ISBN 978-3-475-53884-1

Inhalt

Wie eine eigene Tochter 7
Das behinderte Kind 15
Knecht mit Familienanschluss 23
Das Pendel 29
Arm, aber reich 36
Ein unmögliches Weib 45
Die Rosenknospe 50
Glück im Unglück 57
Verirrte Liebe 64
Kinderreichtum 70
Eine Dreiecksgeschichte 76
Hauptsache gesund 83
Sieben Kinder ohne Vater 90
Der Pechvogel 98
Die verhinderte Adoption 105
Im Zwiespalt 111
Die Landpomeranze 117
Zwischen zwei Stühlen 125
Vier Kinder, drei Väter 132
Das Wochengeld 138
Eine anstrengende Patientin 145
Die verlorene Tochter 154
Besuch aus Tansania 161
Das Christkindl 168

Wie eine eigene Tochter

Wenn ich zurückdenke an die 40 Jahre meiner Tätigkeit als Landhebamme, kommen mir viele schöne, aber auch traurige und weniger erfreuliche Erinnerungen in den Sinn. Im Nachhinein denke ich, dass meine Arbeit mehr Berufung als Beruf gewesen ist, denn sonst hätte ich sicherlich manches, was mir abverlangt wurde, nicht so einfach hinnehmen können.

Natürlich kam es immer wieder vor, dass ich einem unehelichen Kind auf die Welt half. Vor Jahrzehnten brachte so etwas die Mutter nicht selten in größte Nöte. Des Öfteren hörte ich die Worte: »Wo soll ich mein Kind nur unterbringen?« Diese Sorge vor allem quälte und belastete diese jungen Frauen, die den ganzen Tag arbeiten mussten und oftmals kein festes Zuhause hatten.

Ein Kind zur Adoption freizugeben, ist für jede Mutter eine schwierige Entscheidung. Es gab noch die Alternative, es vorläufig zu Pflegeeltern zu geben. Aber einen guten Pflegeplatz zu finden, war auch nicht immer einfach.

Mit solchen Problemen belastet, kamen diese Mütter ins Krankenhaus, um einem Kind, das sie nicht gewollt hatten, das Leben zu schenken.

Katharina war erst siebzehn Jahre alt und hatte ihre Ausbildung noch nicht beendet. Als ich sie während ihrer Schwangerschaft in der engen Wohnung ihrer Mutter besuchte, sagte sie zu mir, dass sie das Kind gleich nach der Geburt hergeben würde. Doch dann kamen ihr plötzlich Zweifel, und sie wollte das Kind behalten.

»Irgendwie wird es schon gehen«, sagte sie zu mir einige Wochen vor dem Entbindungstermin. Doch beim nächsten Mal hatte sie diesen Vorsatz wieder aufgegeben, und so schwankte sie hin und her. Ich selbst wusste nicht, was und ob ich Katharina raten sollte, denn es war letztlich ihre alleinige Entscheidung.

Dann wurde das Kind geboren, und es kam so, wie ich es vermutet hatte: Als Katharina das kleine gesunde Mädchen in ihren Armen hielt, meinte sie: »Nein, ich werde mein Kind nicht zur Adoption freigeben. Ich werde es behalten.«

Doch die junge Mutter war und blieb unschlüssig. Einmal hörte sie auf ihre Mutter, die – selbst alleinerziehend und berufstätig – sich nicht um ihr Enkelkind kümmern konnte und wollte, dann wieder auf eine Freundin, die ihr riet, das Kind auf keinen Fall wegzugeben. So ging es tagelang – Katharina konnte sich einfach nicht entscheiden.

Schließlich fand sie einen Kompromiss und beschloss, das Kind zwar nicht adoptieren zu lassen, aber zu Pflegeeltern zu geben. Letztlich blieb ihr wohl keine andere Wahl, denn sie selbst musste ihre Ausbildung beenden und anschließend einem Beruf nachgehen, um Geld zu verdienen.

Bei dem kinderlosen Ehepaar Margit und Theo Steinbach fand die kleine Luise ein gutes Zuhause. Die Wege von Mutter und Kind aber trennten sich nun von einem Tag auf den anderen – für wie lange, das wusste niemand.

Anfangs besuchte ich das kleine Mädchen im Haus

der Pflegeeltern, um diese ein wenig in die Säuglingspflege einzuweisen. Schon als ich durch den schönen Garten der Steinbachs ging, in dem es üppig grünte und blühte, wusste ich, dass es das Kind nicht besser hätte treffen können, denn wenn eine Frau so liebevoll ihre Blumen hegte und pflegte, dann musste sie auch eine gute Mutter sein.

Mein positiver Eindruck verstärkte sich noch, als ich das Haus betrat. Auch hier herrschten Ordnung und Sauberkeit, ohne dass die Gemütlichkeit darunter litt.

Margit Steinbach, eine adrette und hübsche Mittdreißigerin, kam mir freudestrahlend entgegen.

»Ich bin ja so glücklich, Frau Linner, dass wir die kleine Luise bekommen haben. Sie ist unser Sonnenschein.«

Die Steinbachs nahmen es mit der Pflege des Mädchens genau, wie ich schnell feststellte. Ich hatte auch schon erleben müssen, dass es Pflegeeltern gab, die ein Kind nur aus einer Laune heraus oder des Geldes wegen aufnahmen. Das war hier jedoch nicht der Fall.

Frau Steinbach führte mich in das liebevoll ausgestattete Kinderzimmer, in dem Luise sauber gewaschen und gefüttert in einer weiß lackierten Wiege lag. Das Kind schlief friedlich, und man konnte spüren, wie geborgen es sich fühlte. Noch einige Male besuchte ich die Familie, um Frau Steinbach gute Ratschläge und Anweisungen zu geben, die für die Versorgung des Neugeborenen notwendig waren, und sie befolgte diese genau und zuverlässig.

Einmal war auch Theo Steinbach anwesend, der Filialleiter bei der Sparkasse war, und den guten Eindruck, den ich von seiner Frau hatte, fand ich bei ihm nur bestätigt. Sie waren wirklich die bestmöglichen Ersatzeltern für Luise, ja, man konnte sagen, dass das kleine Mädchen das große Los gezogen hatte.

Ich beschloss, das Kind und sein weiteres Leben im Auge zu behalten, und so besuchte ich nach einem knappen Jahr die Familie erneut. Es interessierte mich, ob sich Luise immer noch bei ihren Pflegeeltern aufhielt oder ob Katharina ihr Kind mittlerweile zurückgeholt hatte.

Luise war zur grenzenlosen Freude ihrer Pflegeeltern noch bei den Steinbachs und war zu einem molligen und drolligen Kleinkind herangewachsen, das schon seine ersten Schrittchen versuchte.

»Zeig einmal der Frau Linner, wie schön du schon laufen kannst«, forderte Frau Steinbach die Kleine auf, die sie zuerst festgehalten hatte und jetzt losließ, so dass Luise ganz alleine bis zum Küchenschrank tappte.

Ich bewunderte diese ersten Gehversuche, bevor ich mich dann nach der leiblichen Mutter erkundigte. »Kommt Katharina die Kleine eigentlich gelegentlich besuchen?«, fragte ich.

Frau Steinbach schüttelte den Kopf. »In diesem ganzen Jahr ist so nur ein einziges Mal hier gewesen, und das war ganz am Anfang, als Luise erst wenige Wochen alt war. Ich habe auch erfahren, dass sie ihre Lehre als Verkäuferin abgebrochen hat und jetzt als Bedienung arbeitet. Ich halte, ehrlich gesagt, nicht viel von der jungen Frau.«

Ich wollte mich dazu nicht äußern und schwieg. Frau Steinbach fuhr eifrig fort: »Mein Mann und ich würden die Luise so gerne adoptieren. Wir haben schon alles in die Wege geleitet. Wir hoffen von ganzem Herzen, dass es klappt und Katharina sich einverstanden erklärt. Bis jetzt hat sie sich noch nicht dazu geäußert. Aber da sie kein spürbares Interesse an ihrem Kind zeigt, dürfte unserem Antrag eigentlich nichts im Wege stehen.«

Als ich wiederum ein Jahr später Frau Steinbach zufällig in der Stadt traf und mich nach dem Stand der Dinge bezüglich der Adoption erkundigte, schüttelte sie traurig den Kopf. »Es hat immer noch nicht geklappt. Katharina sperrt sich. Sie hat sich zwar schon einmal einverstanden erklärt, dann aber ihre Einwilligung wieder zurückgezogen. Luise ist für uns alles, sie ist unser Kind, wir können uns ein Leben ohne sie einfach nicht mehr vorstellen.«

»Ja, das kann ich verstehen«, erwiderte ich und fuhr fort: »Ich kenne aber auch die Wankelmütigkeit von Katharina. Sie weiß einfach nicht, was sie will.«

Mit solchem Hin und Her verging die Zeit. Luise war inzwischen vier Jahre alt, ein liebes, aufgewecktes Mädchen, der Sonnenschein seiner Pflegeeltern. Dann rief mich Frau Steinbach eines Tages in Tränen aufgelöst an. Sie war völlig außer sich.

»Das muss ich Ihnen erzählen, Frau Linner«, sagte sie mir am Telefon »Ich bin noch immer völlig erledigt. Katharina war heute Nachmittag hier und wollte die Luise holen. Sie ist einfach zur Tür hereingeschneit und sagte zu mir, dass sie jetzt verheiratet sei und das Kind zu ihr und ihrem Mann gehöre. Das sei ihr gutes Recht als Mutter, fügte sie hinzu, ging einfach zur Luise hin und wollte sie an die Hand nehmen. Die Kleine hat sich natürlich verzweifelt gewehrt. Für sie ist Katharina doch eine völlig fremde Frau. Luise gehört zu uns, sie liebt uns, wir sind für sie ihre Eltern.«

Ich höre noch heute Frau Steinbachs aufgeregte, verzweifelte Stimme durchs Telefon an mein Ohr klingen.

»Ist Luise denn noch bei Ihnen?«, fragte ich sie.

»Ja, denn wir werden uns das nicht gefallen lassen. Eigentlich wollte Katharina morgen wiederkommen und ihr Kind endgültig mitnehmen. Ich sollte inzwischen alle Sachen zusammenpacken und Luise darauf vorbereiten, dass sie jetzt zu ihrer richtigen Mutter muss. Mein Mann war außer sich und sagte, dass wir das nicht hinnehmen werden. Luise sei unser Kind, und wir würden sie nicht so ohne Weiteres hergeben. Wir einigten uns schließlich darauf, dass das Jugendamt eingeschaltet und auf diese Weise eine Entscheidung herbeigeführt wird.«

»Das wird nicht einfach für Sie werden«, prophezeite ich ihr, denn ich wusste aus Erfahrung, dass die Jugendämter in einem Streitfall wie diesem sich fast immer – wenn nicht gravierende soziale Gründe dagegen sprachen – für die leibliche Mutter entschieden.

Als ich einige Monate später zufällig am Haus der Steinbachs vorbeifuhr und die Frau im Garten sah, wie sie gerade ihre Rosen schnitt, hielt ich meinen Wagen am Straßenrand an und ging zu ihr hin.

»Wie geht es denn, Frau Steinbach? Wo ist denn die Luise?«, fragte ich sie. Als ich ihren traurigen Blick sah, wusste ich schon Bescheid.

Sie ließ sich auf einen Gartenstuhl sinken, und ich sah, wie ihr die Tränen in die Augen traten.

»Das Jugendamt hat sich gegen uns entschieden«, sagte sie traurig. »Zwei Monate ist das jetzt her, da hat Katharina das Kind abgeholt. Die Luise hat wie am Spieß geschrien. Sie wollte nicht mit. Sie können es sich nicht vorstellen, Frau Linner, aber mir war, als würde man mir das Herz aus dem Leib reißen. Ich war völlig verzweifelt und bin es immer noch.«

»Das verstehe ich«, erwiderte ich betroffen und sah mich um. Wie leer und traurig bei den Steinbachs nun alles wirkte. Es war mir, als ob sogar die Blumen im Garten ihre Köpfe hängen ließen.

»Ich sehe es noch vor mir, wie Katharina das schreiende und zappelnde Kind mit sich fortgerissen hat – sie war so unerbittlich und so wenig einfühlsam«, schilderte sie mir den Vorgang.

»Die Luise hat ihr doch nie etwas bedeutet. In all den Jahren hat sie die Kleine nur ein einziges Mal besucht. Katharina ist für Luise eine völlig fremde Frau. Luise wehrte sich, schrie nach mir, streckte ihre kleinen Händchen nach mir aus. Mein Mann kam gerade von der Arbeit nach Hause. Er war bei dieser Szene genauso machtlos wie ich. Er versuchte auf Katharina einzureden, sagte zu ihr: ›Sie sehen doch, wie das Kind an uns hängt.‹« Margit Steinbach begann lautlos zu weinen.

Als sie sich etwas beruhigt hatte, erzählte sie weiter: »Wir liefen den beiden nach, als sie das Haus verließen. Wir wollten es einfach nicht wahrhaben. Doch es war nichts zu machen. Wir sahen, dass auf der Straße draußen ein Mann im Auto auf Katharina und Luise wartete, wohl ihr Ehemann. Er hatte es nicht einmal für nötig befunden, mit hereinzukommen. Dann fuhren sie mit unserem Liebling einfach davon. Luise hat noch verzweifelt mit ihren kleinen Fäustchen gegen die Fensterscheiben des Wagens getrommelt. Ich werde diesen Anblick niemals vergessen und mein Mann auch nicht.«

»Wie wird es denn nun weitergehen?«, fragte ich sie.

»Das Jugendamt hat zwar eine Entscheidung getroffen, die wir zunächst hinnehmen müssen, aber noch geben wir nicht auf. Ich habe nämlich erfahren, dass das Kind sich in seinem neuen Heim nicht einfügen kann, dass Luise die Nahrung verweigert, abgemagert ist und ständig nach mir und meinem Mann schreit.«

»Wenn das so ist, dann schalten Sie doch einen Vertrauensarzt ein, vielleicht kann der etwas für Sie tun.«

Herr und Frau Steinbach nahmen meinen Rat an. Der Arzt, der das Kind mit Zustimmung des Jugendamtes untersuchte und die Zusammenhänge schnell erkannte, setzte sich für die Steinbachs und für Luise ein. »Wenn das Kind nicht zu Grunde gehen soll, dann bringen Sie es wieder dahin zurück, wo seine eigentlichen Eltern sind, auch wenn es nicht die leiblichen sind«, riet er Katharina. »Oder wollen Sie es verantworten, dass das Kind am Ende noch vor Kummer stirbt?«

Das wollte Katharina dann doch nicht und verzichtete schließlich auf ihre Rechte. Ja, sie gab Luise sogar zur Adoption frei, und geborgen im Schoß der Familie, in der die Kleine geliebt und umsorgt wurde, ist Luise schließlich wieder gesund geworden und wuchs zu einem fröhlichen, aufgeweckten Mädchen heran.

Das behinderte Kind

Nur wenige Male kam es vor, dass ein Kind, das ich ins Leben holte, schwer behindert war. Aber einen solchen Fall werde ich nie vergessen.

Zunächst war die Mutter überglücklich, als ich ihr sagen konnte, dass ihr Kind, das sie eben geboren hatte, ein Mädchen war, denn es waren bereits drei Söhne vorhanden. Doch diese Freude wandelte sich zu tiefem Kummer, als ich feststellen musste, dass dieses Wunschkind Zeichen von schwerer Behinderung aufwies, die im Lauf der nächsten Stunden immer deutlicher zutage traten. So atmete das Mädchen schnorchelnd und schob die Zunge vor die Lippen.

Ich sehe die Mutter noch heute vor mir, wie sie beim Anblick ihres Kindes blass wurde, sich auf die Lippen biss und schließlich in Tränen ausbrach. Frau Hartmann war eine schöne, sympathische Frau, die selbst in ihrer Verzweiflung noch anmutig wirkte. Es dauerte eine Weile, bis sie sich fasste, bis sie das Kind, das ich ihr mit betroffenem Gesichtsausdruck in die Arme legen wollte, an sich nahm. Doch dann griff sie nach diesem kleinen, hilflosen Bündel Mensch, drückte es leise weinend an sich, aber in ihren feinen Gesichtszügen waren schon die Liebe und Aufopferung zu erkennen, die sie diesem Kind schenken würde.

Das Kind war im Krankenhaus auf die Welt gekommen, und ich telefonierte mit dem Vater, dass das Neugeborene ein Mädchen sei. Für Herrn Hartmann schien, nachdem seine Frau schon drei stramme, aufgeweckte Buben geboren hatte, klar zu sein, dass auch dieses Kind gesund sein musste. Er stellte keine weiteren Fragen, sondern teilte mir nur mit, dass er umgehend kommen werde.

Es war ein kalter Wintertag, und Herr Hartmann betrat mit vor Kälte gerötetem, strahlendem Gesicht das Zimmer und stürmte sofort auf das Bett zu, in dem seine Frau mit dem Neugeborenen lag. Als sein Blick auf das Kind fiel, erstarrte er und wich unwillkürlich zurück.

»Warum haben Sie mir das nicht am Telefon gesagt«, herrschte er mich an, und noch ehe ich mich rechtfertigen konnte, fuhr er mit stockender Stimme fort: »Das Kind ist ja behindert. Damit werde ich nie fertig. Das schaffe ich nicht.«

Während seine Frau den Säugling zärtlich streichelte, wandte er sich von Mutter und Kind ab, trat zum Fenster und starrte in den dämmernden Spätnachmittag hinaus. Draußen hatte es leicht zu schneien begonnen. Ich glaubte schon, Herr Hartmann würde sich nie mehr vom Fenster abwenden.

»Bernd«, rief Ingeborg Hartmann ihrem Mann mit schwacher Stimme zu. »Wir müssen uns damit abfinden. Die Kleine ist doch unser Kind. Sie braucht uns viel mehr, als wenn sie gesund wäre.« Als ihr Mann schwieg und nur mit düsterem Blick zum Fenster hinausstarrte, versuchte sie mit leiser, aber beschwörender Stimme weiter auf ihn einzureden: »Sieh nur, was für schöne schwarze Haare unsere Mechthild hat. Wir wollten sie doch Mechthild nennen, wenn es ein Mädchen wird.«

»Herr Hartmann, so nehmen Sie Ihr Kind doch einmal in den Arm«, versuchte ich den Mann aus seiner Erstarrung zu lösen, doch mir wurde immer unbehaglicher zumute, denn es kam keine Reaktion von ihm. Er wirkte wie versteinert, nichts schien zu ihm durchzudringen.

Wie gerne hätte ich in dieser Situation einfach das Zimmer verlassen und die Tür hinter mir zugemacht. Schließlich hatte ich meine Aufgabe erfüllt, und wie die Eheleute mit ihrem Problem fertig wurden, war schließlich ihre Angelegenheit. Einfach nach draußen gehen, in diesen wundervollen Winternachmittag der Vorweihnachtszeit, der den meisten Menschen ringsum wie eine heile Welt erscheinen musste. Dass dies jedoch nicht für alle galt, hatte ich gerade wieder einmal erlebt.

Für die Hartmanns gab es in dieser Situation keinen Trost, besonders nicht für den Vater. Trotzdem glaubte ich zunächst noch, dass er sich früher oder später mit seiner behinderten Tochter abfinden würde. So könnte die Familie, die ja schon drei gesunde Kinder hatte, wieder zur Normalität zurückfinden, zu der dann eben auch die kleine behinderte Mechthild ganz selbstverständlich gehörte.

»Lassen wir es gut sein, Frau Linner«, sagte Frau Hartmann zu mir. »Wir müssen irgendwie damit fertig werden. Aber ich würde mich freuen, wenn Sie uns einmal zu Hause besuchen würden, um nach unserer Mechthild zu schauen.«

»Ich komme gerne auf Ihre Einladung zurück«, erwiderte ich und tätschelte der Frau aufmunternd die Hand.

»Aber zuerst werde ich Sie wohl noch einige Male hier im Krankenhaus besuchen müssen.«

»Darf ich nicht schon morgen mit meinem Kind heim?«, fragte sie enttäuscht und drückte dabei den Säugling zärtlich an sich. Frau Hartmann schien sich bereits mit der schweren Behinderung ihrer Tochter abgefunden zu haben, denn immer wieder streichelte sie über das Haar des Kindes.

Ich schüttelte den Kopf. »Ein paar Tage der Erholung hier im Krankenhaus werden Ihnen guttun, Frau Hartmann, und denken Sie auch daran, dass Ihre Mechthild besonderer Pflege bedarf. Es wird nicht leicht für Sie werden.«

In diesem Moment wandte sich Bernd Hartmann abrupt vom Fenster ab und meinte mit einem abweisenden Blick auf das Neugeborene: »Das schaffst du nie und nimmer! Das Kind kommt in ein Heim.«

Ingeborg Hartmann warf ihrem Mann einen entsetzten Blick zu. »Das lasse ich nicht zu«, stieß sie mit zitternder, aber entschlossener Stimme hervor.

»Das werden wir schon sehen.« Bernd Hartmann warf seiner Frau einen feindseligen Blick zu, während er das Kind in ihren Armen überhaupt nicht beachtete, und ging mit schnellen Schritten zur Tür. Ohne sich noch einmal umzudrehen, verließ er den Raum. Ich höre noch heute, wie seine energischen Schritte im langen Krankenhausflur verhallten.

Begütigend strich ich über Frau Hartmanns Hände, die vor Erregung zitterten, dabei aber ihr Kind nur noch fester umklammerten, als hätte sie Angst, man würde es ihr wegnehmen.

»Ihr Mann wird schon noch zur Einsicht kommen«, redete ich ihr gut zu. »Es war eben ein großer Schock für ihn. Er war nicht darauf vorbereitet. Das müssen Sie verstehen.«

In den folgenden Tagen musste ich jedoch feststellen, dass Herr Hartmann keineswegs zur Einsicht kam, ganz im Gegenteil. Die Situation verschlimmerte sich noch, und er bestand weiterhin darauf, dass das Kind in ein Heim kommen sollte. Darin wurde er von seiner Mutter bestärkt, während sich Ingeborg Hartmanns Mutter auf die Seite ihrer Tochter stellte.

Als ich einmal unangemeldet die Familie besuchte, um nach Mutter und Kind zu sehen, wurde ich Zeugin eines heftigen Familienstreites, bei dem mich jede Partei auf ihre Seite ziehen wollte. Ich versuchte, neutral zu bleiben. Dabei hielt ich im Grunde meines Herzens zu Ingeborg Hartmann, die ihre kleine Mechthild von Tag zu Tag mehr zu lieben begann.

»Das Kind bekommt doch überhaupt nichts mit«, sagte Anna Hartmann, Bernds Mutter, zu mir. »In einem Heim hätte sie die bestmögliche Betreuung, die kann ihr Ingeborg zu Hause gar nicht geben, mit den drei lebhaften Buben, um die sie sich ja auch noch zu kümmern hat.«

Ich musste zugeben, dass die Großmutter nicht ganz im Unrecht war, denn Ingeborgs drei andere Kinder gingen schon zur Schule und brauchten ihre Mutter dringend.

»Heute hat der Pauli wieder eine Vier bei der Rechenprobe geschrieben, dabei brachte er früher nur Einser und Zweier heim. Das liegt doch nur daran, weil die Ingeborg gar keine Zeit mehr für die Buben hat.« Anna Hartmann strich dem siebenjährigen Paul über den dunklen Haarschopf. »Gell, die Mama hat gar keine Zeit mehr für dich«, wollte sie von dem Buben bestätigt haben, der auch heftig zu diesen Worten nickte.

»Du beeinflusst den Pauli. Er sagt nur das, was du ihm vorsagst. Meine Tochter kümmert sich sehr wohl auch um ihre anderen Kinder. Oder sehen sie etwa vernachlässigt aus, die Buben?«, wandte sich die andere Großmutter an mich.

Ich schüttelte den Kopf, denn das war wirklich nicht der Fall.

»Siehst du, die Frau Linner sieht das auch so, dass es den Buben an überhaupt nichts fehlt. Nur weil der Pauli einmal eine Vier in der Probe schreibt, legst du es gleich so aus. Das ist ja lachhaft.« Ingeborgs Mutter warf Anna Hartmann einen bösen Blick zu.

Bernd Hartmann unterstützte natürlich voll und ganz die Argumente seiner Mutter, während sich seine Frau bald mit einem müden, gequälten Blick abwandte. Sie hatte die ständigen Zänkereien in der Familie, die seit Mechthilds Geburt nicht mehr abgerissen waren, gründlich satt.

Ich ließ die beiden Großmütter weiter streiten und folgte Ingeborg Hartmann, die mir einen auffordernden Blick zugeworfen hatte, in das Kinderzimmer, in dem die kleine Mechthild lag. Die Mutter beugte sich über die Wiege und streichelte die blassen Wangen der Kleinen. »Ich halte diesen ständigen Streit bald nicht mehr aus. Ich sage schon gar nichts mehr dazu, aber ich werde meinen eigenen Weg gehen. Auf gar keinen Fall gebe ich meinen kleinen Engel in ein Heim. Ich schaffe das schon. Wenn es sein muss, auch ohne die Hilfe meines Mannes.«

Sie wandte sich von ihrer Tochter ab und blickte für einen Augenblick ins Leere.

»Sind Sie immer noch nicht mit Ihrem Mann ins Reine gekommen?«, fragte ich sie besorgt.

Ingeborg Hartmann schüttelte langsam den Kopf. Sie ließ sich auf den Stuhl neben der Wiege sinken und gestand mit leiser Stimme: »Gestern hat er zu mir gesagt: Entweder das Kind oder ich. So weit ist es schon gekommen. Ich hätte das niemals von meinem Mann geglaubt – ich habe immer gedacht, dass er mich liebt.« Ihre schönen dunkelbraunen Augen füllten sich mit Tränen.

Ich warf ihr einen betroffenen Blick zu. »Unter diesen Umständen«, meinte ich mit vorsichtiger Stimme, »wäre es da nicht doch besser, Sie überlegen es sich noch einmal und geben die Kleine in ein gutes Heim? Wenn Ihr Mann Sie verlässt, sind Sie ganz auf sich allein gestellt. Schaffen Sie das wirklich? Vier Kinder und eines davon behindert! Muten Sie sich da nicht zu viel zu?«

Ingeborg Hartmann richtete sich in ihrem Stuhl auf, in dem sie ein wenig zusammengesunken war, und wischte sich die Tränen von den Wangen. »Nein, ich habe es mir gut überlegt. Ich entscheide mich für mein Kind. Mein Mann braucht mich nicht, das habe ich inzwischen gemerkt, aber die Mechthild braucht mich.«

Ich konnte dieser mutigen Frau nur meinen Respekt bezeugen, obwohl ich mir nicht ganz sicher war, ob sie wirklich die Kraft haben würde, diesen Weg zu gehen. Doch Ingeborg Hartmann hatte ihre Entscheidung getroffen.

Als ich sie nach ein paar Jahren zufällig beim Einkaufen traf, erzählte sie mir, dass sie inzwischen von ihrem Mann geschieden sei. Den Buben gehe es gut, und der Pauli sei inzwischen auf dem Gymnasium und habe keinerlei Probleme mit dem Lernen. Die kleine

Mechthild nahm, nach den Worten ihrer Mutter, von der Welt immer noch nichts wahr, obwohl sie schon drei Jahre alt war, und dieser Zustand würde sich wohl ihr Leben lang nicht ändern. Sie zeigte keine Gefühlsregungen, lachte nicht und weinte nicht, so dass sich nicht feststellen ließ, ob sie die aufopferungsvolle Liebe ihrer Mutter tatsächlich spürte. Doch Ingeborg Hartmann war fest davon überzeugt.

Es vergingen wiederum ein paar Jahre, als ich durch eine Todesanzeige erfuhr, dass Mechthild verstorben war. Vermutlich betrauerte kaum jemand den Tod des behinderten Mädchens, doch ich bin überzeugt davon, dass die Mutter am Grab ihrer Tochter bittere Tränen vergossen hat.

Knecht mit Familienanschluss

Sein hageres Gesicht war mir schon vertraut, die hervorstehenden Backenknochen und die kurze, gerade Stirn – er war der Knecht von Frauöd, der mich jedes Mal, wenn die Bäuerin in Kindsnöten war, auf den Hof holte. Von mittlerer Größe und kräftig gebaut, wäre er kein unschöner Mann gewesen, wenn er nicht einen gravierenden Makel gehabt hätte: Sein rechtes Bein war steif, und er zog es mühsam nach.

Er war die Seele des Hofes, treu und zuverlässig und vor allen Dingen niemals unfreundlich und übel gelaunt. Egedi, der eigentlich Ägidius hieß, gehörte zum Hof wie das Amen zum Gebet. Er war ebenso Rossknecht wie Vertrauter der Familie. Er war einer von ihnen und konnte schweigen, eine Eigenschaft, die die Menschen auf Frauöd zu schätzen wussten.

»Es wär halt wieder einmal so weit«, sagte er auch dieses Mal. So knapp seine Worte waren, ließen sie doch die Sorge um seine Bäuerin durchklingen. Es war immer der gleiche Satz. Ich wartete darauf, dass er hinzufügte: »Es geht immer recht schnell bei der Bäuerin.« Doch diese Bemerkung blieb heute aus, und ich wunderte mich darüber. Wenig später wusste ich, warum er diesen Satz weggelassen hatte, denn dieses Mal ging es nicht um die Bäuerin, sondern um deren siebzehnjährige Tochter, die Helene.

Etwas unwirsch waren die Bauersleute schon gewesen, als sie von der ungewollten Schwangerschaft der

Tochter erfuhren. Doch jetzt stand der Bauer schweigend und ohne Vorwürfe am Bett seiner Tochter, die sich schon vor Schmerzen krümmte und von Zeit zu Zeit aufstöhnte.

»Gell, da schaust, Hebamme«, sagte die Bäuerin zu mir, »dass du dieses Mal net zu mir, sondern zur Helene kommen musst. Wir wussten lange nichts von ihrer Schwangerschaft, und den Kindsvater will sie uns auch net sagen. Aber was hilft's: Der Herrgott hat's zugelassen, und so wird er's auch wieder recht machen. Alles ist Bestimmung, was geschieht.«

So holte man in Gottes Namen die alte Wiege, deren Vorhang blaue Veilchen und rote Rosen schmückten, wieder einmal vom Dachboden herunter, damit das neunte Kind, das erste in zweiter Generation, darin liegen konnte.

Man hatte sich also einigermaßen mit dem Unabänderlichen abgefunden, wäre da nicht die Sturheit der Helene gewesen, die um nichts in der Welt den Namen des Kindsvaters preisgeben wollte. Konnte sie nicht? Wollte sie nicht?

Sie schien dieses Geheimnis dereinst mit ins Grab nehmen zu wollen.

»Ich mag net, und ich sag's net«, war jedes Mal ihre knappe Antwort, wenn die Eltern darauf drängten, es endlich zu sagen.

Kein Wunder, dass viel gemunkelt wurde im Dorf, dass man in alle Richtungen Vermutungen anstellte, Verdächtigungen aussprach und wieder verwarf. Der Kindsvater blieb jedoch Helenes Geheimnis, so oft man sie auch bedrängte. Irgendwann gab man es auf, und es wuchs Gras über die Sache, weil andere Dinge interessanter schienen – so war das nun einmal bei jedem

Klatsch. Nur das Standesamt und das Kirchenbuch hielten die Tatsache eines ungenannten Vaters fest.

Die kleine Agnes, benannt nach ihrer Taufpatin, wuchs unter der liebevollen Obhut der Familie heran, denn niemand ließ es die Kleine spüren, dass sie ein lediges Kind war.

Am meisten von allen auf dem Hof kümmerte sich jedoch der Egedi um die Agnes, ja, er wurde zu ihrer Bezugsperson. Der Knecht wurde nicht müde, mit ihr zu reden, dem wissbegierigen Kind alles Mögliche zu erklären und sie mit den Tieren und Pflanzen ihrer Heimat bekannt zu machen. Er tat dies alles in seiner eigenen, einfachen Sprache, mit seinen Worten, die genauso viel aussagten, als wenn sie aus einem Lehrbuch stammten.

»Schau, das ist ein Pfauenauge«, hörte ich ihn einmal zu der Agnes mit warmer Stimme sagen, als die Kleine im Gras hockte und ganz fasziniert einen Schmetterling betrachtete, der auf einer Blume saß. »Er hat vier Flügel mit großen, blau-gelb-roten Flecken, die wie Augen aussehen. Und weil die Farben an einen Pfau erinnern, nennt man ihn Pfauenauge«, erklärte er ihr, und Agnes klatschte begeistert in die Hände, weil sie wieder etwas gelernt hatte.

Als sie größer wurde, machte er mit ihr, trotz seiner Behinderung, Wanderungen, sogar bis in die Berge. Er zeigte ihr im Frühjahr den rosa blühenden Almenrausch und im Sommer den blauen Enzian. Er erzählte ihr, dass die Murmeltiere pfiffen und die Eichhörnchen springen und klettern könnten.

Egedi war geduldig in seinen Belehrungen und Erzählungen, und Agnes dankte es ihm mit Aufmerksamkeit und Anhänglichkeit. Sie vertraute ihm voll und ganz, und wenn sie einmal etwas angestellt hatte, so ging sie zuerst zum Egedi, um es ihm zu gestehen. Dabei konnte sie sicher ein, dass er die Sache schon wieder geradebiegen würde.

Der Knecht, der keineswegs gesprächig war, wenn fremde Menschen auf den Hof kamen, sprach mit der Kleinen, sooft es seine Zeit erlaubte.

Eines Tages, als ich ihn wieder einmal auf dem Hof traf, sprach ich ihn wegen seines steifen Beins an und erwartete schon, dass er mir nur eine knappe, nichts sagende Antwort geben würde. Aber zu meinem großen Erstaunen gab er sich redselig und erzählte bereitwillig seine Geschichte.

»Ich war erst sechzehn damals, als es passierte. Die Rösser sind durchgegangen, und der Unterknecht wurde vom Fuhrwerk erdrückt. Ich bin unter die Räder kommen, und es hat meinen Fuß erwischt. Da war nichts mehr zu machen. Steif ist er geblieben, meiner Lebtag lang.«

Der Egedi zog seine Hose über das Knie hoch, und ich betrachtete das Bein genauer. »Da haben die Ärzte aber sauber gepfuscht beim Operieren«, bemerkte ich kopfschüttelnd, denn so viel verstand ich davon, dass das Bein nach dem Unfall nicht fachgerecht behandelt worden war. Aber da lachte der Egedi nur laut auf. »Operiert! Ja, dass ich net lach! Ich bin net einmal zum Doktor kommen, weil der Lusenbauer gemeint hat, dass es das net braucht. Der Fuß heilt schon von selber wieder, hat er gesagt. Heut weiß ich, warum ich keinen Doktor net gesehn hab, weil mich der Lusenbauer in keiner Krankenkasse versichert hat, und deshalb wollt er dann verhindern, dass sich ein Doktor meinen Fuß anschaut. Es hat lang dauert, bis ich wieder einigermaßen hab gehen können. Aber weil es halt nimmer so schnell gegangen ist wie früher, hat mich der Bauer nimmer brauchen können. Gekündigt hat er mir zu Lichtmess. Er braucht einen Knecht mit einem gescheiten Gehwerk, hat er mir pfeilgrad ins Gesicht gesagt.« Der Egedi blickte ein paar Minuten finster vor sich hin, und seine dichten Brauen zogen sich zusammen. Erst als die Agnes zu ihm gelaufen kam, die erfolglos einem Schmetterling nachgejagt war, hellte sich sein hageres Gesicht wieder auf.

Das Kind schaute zu ihm hinauf und fragte bittend: »Fängst du mir den Schmetterling ein?«

»Nein, Dirndl«, erwiderte der Egedi mir einer solch sanften Stimme, wie ich sie nie an ihm gehört hatte, »der Schmetterling will seine Freiheit. Du möchtest doch auch net eingefangen und eingesperrt werden, oder?«

»Nein«, antwortete die Kleine und schüttelte dabei heftig ihren blonden Lockenkopf hin und her.

Der Egedi wandte sich wieder mir zu und erzählte weiter: »Ich hab mir also eine andere Arbeitsstelle suchen müssen und bin dabei nach Frauöd kommen. Ich hab schon Angst gehabt, der Bauer stellt mich net ein, wenn er den kaputten Fuß sieht, aber er sagte zu mir: Wirst deine Arbeit schon gescheit machen, auch wenn du einen steifen Haxn hast.«

»Und jetzt bist du bald zwanzig Jahre auf dem Hof«, erinnerte ich mich, »denn du warst es ja, der mich damals geholt hat, als die Bäuerin die Helene auf die Welt brachte.«

»Ja, als die Helene geboren wurde, der Agnes ihre Mutter, da war ich schon zwei Jahr auf dem Hof«, bestätigte der Egedi.

»So kann's gehen, wenn man Pech hat«, murmelte der Egedi zum Schluss und meinte dann: »Jetzt muss ich aber wieder an meine Arbeit. Am Traktor ist ein Keilriemen gerissen, den muss ich reparieren.«

»Was du alles kannst«, sagte ich und warf ihm einen bewundernden Blick zu.

»Ja, mit Maschinen kenn ich mich gut aus. Ich wär gern Landmaschinenmechaniker geworden, aber die Mutter hat gesagt: Du kannst nix lernen, Bub, du musst gleich Geld verdienen. Ich hab keinen Vater gehabt, weißt, Hebamme, bin ledig auf die Welt gekommen, und die Mutter war eine arme Bauerndirn.«

So erzählte mir der Knecht von Frauöd seine traurige Lebensgeschichte – ganz nüchtern, ohne Hass oder Rachgefühle weder auf den Lusenbauern, der den jungen Knecht rücksichtslos zum Krüppel werden ließ, noch über sein Schicksal allgemein, dass er als lediger Bub einer Bauernmagd auf die Welt gekommen war und nicht den Beruf erlernen konnte, für den er begabt gewesen wäre und der ihm Freude bereitet hätte.

Nachdenklich verabschiedete ich mich vom Egedi, der nach so vielen Enttäuschungen auf Frauöd zum Glück endlich eine Heimat gefunden hatte.

Als ich in mein Auto stieg, um wieder vom Hof zu fahren, sah ich noch, wie die kleine Agnes zur Tenne lief, in der der Egedi gerade verschwunden war. Sicher wird er ihr jetzt auch noch erklären wollen, wie man einen Keilriemen richtig einbaut, dachte ich mit einem Schmunzeln. Aber ob sich die Agnes für solche Sachen interessierte? Das taten meist nur Buben, aber wer weiß – vielleicht schaffte der Egedi es sogar, bei dem Mädchen solche Interessen zu wecken.

Das Pendel

Es war früher Morgen, und die Sonne hatte sich noch nicht über die bewaldeten Berge geschoben, als ich mich zum Leitnerhof aufmachte. Denn ich war mir nach meinem gestrigen Besuch bei der Leitner Mathilde ziemlich sicher, dass die Geburt nicht mehr allzu lange auf sich warten ließe.

Weil das Wetter so schön und es andererseits noch nicht wirklich brandeilig war, fuhr ich mit dem Fahrrad in die Öd, wo der Hof in einer idyllischen hügeligen Landschaft lag. Am Rand des Hochwaldes, den ich entlangradelte, stand ein Rudel Rehe, doch als die Tiere mich erblickten, stoben sie sofort scheu davon. Auf meinem Weg kam ich bei der Afra vorbei, einem weit über die Grenzen von Gamsting hinaus bekannten Kräuterweib. Die Alte war schon auf den Beinen, als ich an ihrer Hütte vorbeifuhr, und winkte mir freundlich zu.

»Fahrst zur Mathilde 'nauf?«, rief sie mir zu. »Ja, ich denk mir auch, dass der Hoferbe bald kommt.«

»Woher weißt du denn, dass es ein Bub wird?«, fragte ich sie beim Vorbeifahren mit einem nachsichtigen Lächeln.

»Wirst es schon sehen«, erwiderte die Alte und humpelte ohne ein weiteres Wort in ihr baufälliges Häuschen. Kopfschüttelnd stieg ich wieder auf mein Rad, verschwendete dann aber keinen Gedanken mehr an diese Begebenheit.

Die Großmutter der Mathilde, die Leitner Walburga, erwartete mich schon vor der Haustür. Sie nahm trotz ihres hohen Alters noch Anteil an allen Dingen, die auf dem Hof passierten, und freute sich jetzt besonders auf die Geburt ihres ersten Urenkels. Sie würde eine gute, nützliche Hilfe sein, weil sie beruhigend wirkte, einen gesunden Menschenverstand besaß und keine unnötigen Worte verlor.

»Ich hab schon alles hergerichtet, was du brauchst. Das sind alles noch Tücher von meiner Aussteuer, die sind sauber. Und geflickt dürfen sie ja sein, sagst du allerweil. Das Bügeleisen hab ich auch hingestellt, nachdem du das letzte Mal danach gefragt hast, wie die Mathilde auf die Welt kommen ist.«

»Du hast wirklich ein gutes Gedächtnis, wenn du das nach zwanzig Jahren noch weißt«, antwortete ich und warf der alten Frau, die zwar ein wenig gebückt ging, im Großen und Ganzen jedoch noch recht rüstig und geistig hellwach wirkte, einen bewundernden Blick zu.

Trotzdem fragte ich sie, wie es ihr gesundheitlich denn so gehe, denn wir hatten uns lange nicht mehr gesehen.

Die Austragsbäuerin hatte ein hageres Gesicht, und ihre lebhaften Augen lagen tief in den Höhlen. Dick war sie nie gewesen, doch mit zunehmendem Alter wurde sie immer dünner. Dabei schien in ihrem Fall der Spruch zu stimmen, dass die Dürren die Zähesten seien.

»Ich kann net klagen«, antwortete die Walburga, »obwohl ich schon so alt bin. Wenn ich da manchmal die Jungen betracht, denen jeden Tag was anderes wehtut, dann muss ich wirklich zufrieden sein.« Dabei strich sie sich eine Strähne ihres eisgrauen Haares unter ihr Kopftuch zurück.

Dann gingen wir zu ihrer Enkelin hinein.

Die Mathilde sah mir mit großen Augen und einem ein wenig ängstlichen Blick entgegen. Die Natur hatte sie mit den dunkelbraunen Augen ihrer Großmutter und blondem Haar ausgestattet – eine äußerst reizvolle Mischung, die sofort ins Auge fiel. Aber die Mathilde bildete sich nichts darauf ein, dass sie so interessant aussah, sie wusste es wohl gar nicht, und wenn doch, dann scherte sie sich nicht darum. Sie war eine natürliche junge Frau, die normalerweise nichts so schnell aus der Fassung bringen konnte. Aber nun stand ihr die erste Geburt bevor, und das war natürlich etwas Besonderes. Ich merkte, dass die Mathilde ein wenig Angst hatte.

»In Gottes Namen, es wird schon gutgehn, wenn du das tust, was dir die Hebamme sagt. Bei der Linner Rosa bist in guten Händen«, meinte die Altbäuerin und strich dabei begütigend über die Hände der Gebärenden.

Diese Worte waren tröstlich für die Enkelin, und für mich bedeuteten sie Vertrauen und Lob zugleich. Ich freute mich über die schlichten Worte der alten Frau, aus deren gütigen braunen Augen so viel Herzlichkeit sprach.

Da kam auch schon der werdende Vater an die Tür, um sich nach dem Befinden seiner Frau zu erkundigen. Der Viktor war ein stattlicher junger, dunkelhaariger Mann.

Ich fragte mich unwillkürlich, ob ich nun einem blonden Engel oder einem dunkelhaarigen Teufelchen zum Leben verhelfen würde.

»Bleib lieber draußen, Viktor, du bringst nur Unruhe herein! Die Mannsbilder haben in der Beziehung keine Nerven. Laufen nur im Zimmer hin und her, stellen tausend dumme Fragen und stoßen dabei tausend Befürchtungen aus. Das ist keine Hilfe«, lamentierte die Walburga.

Viktor blieb unschlüssig im Türrahmen stehen, denn Großmutters Wort hatte immer noch Gültigkeit. Ich ermunterte jedoch den jungen Bauern, ins Zimmer zu kommen und dazubleiben, wenn er das möchte.

»Nein, ich wollt nur rasch nach der Mathilde sehen, wie es ihr geht. Bei der Geburt möcht ich lieber net dabei sein«, behauptete er und ging nach einer Weile wieder hinaus.

Mathilde, in bäuerlicher Lebensart erzogen, verhielt sich still trotz ihres Wehenschmerzes. Sie hatte schon als Kind gelernt, die Mühen und Härten des täglichen Lebens ohne Gejammer hinzunehmen. Ihre Gedanken kreisten um das Kind, vielmehr um den Buben, den Stammhalter, dem sie bald das Leben schenken würde.

»Wenn er nur schon da wäre, der Viktor. So soll er nämlich heißen, denn der erste Bub auf dem Hof muss den Namen des Vaters bekommen, das war schon immer so«, erklärte die Mathilde während einer Wehenpause.

»Bist du dir so sicher, dass es ein Bub wird?«, fragte ich sie ein wenig erstaunt und dachte dabei gar nicht mehr an die Afra, die ja ebenfalls so eine Andeutung gemacht hatte.«

»Ja, das weiß ich ganz sicher«, erwiderte die Mathilde voller Überzeugung.

Jetzt erst fiel mir die kurze Begegnung mit dem

Gamstinger Kräuterweib wieder ein. »Hat dir das vielleicht die Afra prophezeit?«, fragte ich die Mathilde schmunzelnd, denn ich hielt nicht viel von deren Weissagungen und auch nichts von ihrem angeblichen homöopathischen Wissen, das sie gerne anbot und die Leute dabei oftmals nur verunsicherte.

»Nicht nur prophezeit«, redete die Mathilde eifrig weiter, »ausgependelt hat sie es. Ich war vor drei Monaten bei ihr und dann noch einmal vor ein paar Wochen, weil ich ganz sicher sein wollte. Das Pendel hat jedes Mal so ausgeschlagen, dass die Afra sagte: Ja, da besteht gar kein Zweifel, dass es ein Bub wird!«

Als ich noch einmal einen schwachen Einwand erheben wollte, schnitt sie mir ganz einfach das Wort ab. »Das wird ein Bub, da brauchen wir nimmer weiter zu diskutieren.«

Die Kammertür öffnete sich einen Spalt, und der werdende Vater steckte erneut seinen Kopf herein. »Dauert's noch lang?«, fragte er, und ich bemerkte, dass vor Aufregung Schweißperlen auf seiner Stirn und Nase standen.

»Komm nur herein«, forderte ich ihn auf.

»Ich weiß net, die Großmutter sieht das nicht so gern«, wandte er zögernd ein.

»Die ist gerade nach nebenan in die Stube gegangen. Du kannst also ruhig hereinkommen, und wenn sie dich später sieht, wird sie dir schon nicht den Kopf abreißen, oder?«, sagte ich aufmunternd zu ihm.

Vorsichtig trat er an das Bett seiner jungen Frau und strich ihr etwas unbeholfen mit seiner großen, von harter Bauernarbeit rissigen Hand über das blonde Haar.

Die Mathilde nahm seine etwas linkischen Zärtlichkeiten dankbar entgegen. Als er sich wieder zum Gehen wandte, hielt sie seine Hand fest. »So bleib doch da«, bat sie ihn. Sie wollte ihren Ehemann in der Geburtsstunde des Kindes festhalten, denn er sollte dabei sein, wenn endlich nach zwei Frauengenerationen der ersehnte männliche Hoferbe auf die Welt kam, denn das Pendel der Afra von Gamsting hatte das ja eindeutig vorausgesagt.

In diesem festen Glauben brachte Mathilde ihr Kind zur Welt.

»Jetzt ist er da, der Bub!«, war der erste Ausruf der jungen Mutter nach der letzten Presswehe.

»Es ist aber ein Mädchen«, sagte ich in die Stille des Raumes hinein.

»Was?«, stammelte die Mathilde ungläubig. »Das kann net sein! Hast dich nicht geirrt?«

»Nein«, meinte ich, »aber die Kleine ist gesund und kräftig. Ein richtiges Prachtkind mit kohlrabenschwarzem Haar wie der Vater.«

»Stimmt das wirklich, Viktor, ein Dirndl ist es?«, wandte sich die junge Mutter nun an ihren Mann, obwohl der überstandene Geburtsschmerz und die Erschöpfung sich noch deutlich in ihrem Gesicht abzeichneten.

»Ja, es stimmt schon, was die Hebamme sagt«, lachte der Viktor und blickte dabei stolz auf seine Tochter. Es schien ihm gar nichts auszumachen, dass es nichts mit dem erhofften Hoferben geworden war.

Es war und blieb also ein Mädchen, das der Afra aus Gamsting und ihrem Pendel einen Streich gespielt hatte.

»Ich hab dir gleich gesagt, dass das Kräuterweib aus Gamsting nix weiß«, meinte der Viktor und betrachtete dabei immer noch voller Stolz das gesunde Kind, das im Arm seiner Mutter ruhte.

Drei Generationen bestaunten kurz darauf den Neuankömmling der nächsten Generation. Das kleine Mädchen erhielt den Namen Franziska, zu Ehren des verstorbenen Großvaters, der Franz geheißen hatte.

Als Mathilde das zweite Kind erwartete, verzichtete man auf dem Leitnerhof auf Afras Pendelkunst. Es war ein Sonntag, als endlich zur Freude der gesamten Familie der Hoferbe in der Öd geboren wurde.

Die alte Urgroßmutter lächelte, als ihr der Viktor die Nachricht von der Geburt des Hoferben überbrachte: »Jetzt bist nimmer allein unter vier Weibern, Viktor. Der Herrgott macht's allerweil recht, auch wenn er sich ab und zu Zeit dabei lässt.«

Arm, aber reich

Als ich eines Tages von einem Besuch auf einem abgelegenen Hof zurückfuhr, hatte ich Muße, wieder einmal ganz intensiv dieses Wunder der Natur zu betrachten – diese Kette der Berge, die im Glanz der untergehenden Sonne erstrahlte. »Das Gebirg ist offen, das Wetter schlägt um«, sagen die Einheimischen, besonders die Älteren, wenn die Berge zum Greifen nah sind. Gerade die Bauern kennen noch die Zusammenhänge der Natur, sind mit ihr verbunden, wissen um ihre Geheimnisse und lassen sich davon nicht abbringen, dass auf sie Verlass ist, auch wenn alle Welt das Gegenteil behauptet.

An einer Wegkreuzung kam winkend und hinkend der Schweiger Heini auf mich zu. »Gut, dass ich dich hier treff. Ich wollt grad zum Birkenhof, weil wir gewusst haben, dass du dort bist«, begrüßte er mich atemlos vom schnellen Gehen. Nach einer kleinen Verschnaufpause fuhr er fort: »Sollst gleich zu unserer Bäuerin kommen. Bei ihr ist es jetzt so weit.«

»Ist recht«, gab ich zur Antwort, »kannst gleich mit mir fahren. Steig nur ein«, bot ich ihm an.

»Da bin ich aber froh, dass du heut mit dem Auto unterwegs bist«, sagte der Heini, »ist schon ein Kreuz, wenn man net mehr richtig laufen kann. Den Fuß haben mir die Russen kaputt geschossen. Dieser verdammte Krieg! Jetzt bin ich halt ein halber Krüppel. Dabei hab ich noch Glück gehabt; hätt nicht viel gefehlt und meine Kompanie wär nach Stalingrad verlegt worden. Da wär ich bestimmt nimmer heimgekommen«, erzählte er weiter.

Ich ließ ihn reden, war jedoch mit meinen Gedanken schon bei der Standlbäuerin. »Ja, der Krieg«, meinte ich nur, »der hat wohl keinen verschont.«

»Wo war denn dein Mann eingezogen?«, wollte er wissen.

»In Polen, in Frankreich, aber er spricht nicht gern darüber«, beendete ich das Gespräch.

Inzwischen waren wir auf dem Standlhof, einem stattlichen Anwesen, angekommen. Von den schön geschnitzten Balkonen in den drei Stockwerken rankten üppige dunkelrote Geranien. Spalierobst reifte an der sonnenwarmen Fassade des Bauernhauses.

Der Heini verzog sich jetzt, denn er hatte seinen Auftrag erfüllt. Mit der Geburt hatte er nichts mehr zu tun – schließlich war er nur der Knecht auf dem Hof. Alles Weitere war Sache des Bauern, aber der sei auf dem Rossmarkt, sagte mir der Heini noch schnell, bevor er hinkend ums Hauseck verschwand.

»Da muss ich den Heini zu dir schicken«, schimpfte die Bäuerin, »dabei wär das die Aufgabe von meinem Mann gewesen. Aber der musste ja unbedingt auf den Rossmarkt nach Traunstein fahren. Das Kind wird heut noch net kommen, sagte er zu mir und war schon draußen bei der Tür. Dabei hat es, nachdem er fort war, keine halbe Stund gedauert, da sind die ersten Wehen gekommen. Gott sei Dank bist du schon in der Nähe gewesen. Das wär eine schöne Gaudi geworden, wenn dich der Heini erst von daheim hätte holen müssen. Der kann doch net Auto fahren mit seinem Fuß. Unverantwortlich ist das von meinem Alten.

Aber das werd ich ihn merken lassen, wenn er heimkommt. Ganz nüchtern wird er dann auch nimmer sein, so wie ich ihn kenne, denn vom Rossmarkt ist er noch jedes Mal mit einem Schwips gekommen. Aber so sind die Männer; aus dem Staub machen sie sich, wenn's drauf ankommt. Man möchte fast meinen, er hätt's extra getan.«

»Jetzt lass gut sein, Standlbäuerin«, sagte ich zu ihr, »der Heini hat seinen Auftrag bestens erfüllt, und du hast deinem Ärger Luft gemacht. Jetzt konzentrieren wir uns ganz auf die Geburt.«

Es ging dann wirklich sehr schnell bei der robusten Frau. Nachdem sich bei einer kräftigen Wehe die Fruchtblase öffnete, dauerte es nicht lange, und die Bäuerin schenkte einem gesunden Mädchen das Leben. So kam zu den beiden Dirndln, die sie schon hatte, ein drittes dazu.

Es war gesund und quicklebendig, aber eben wieder ein Mädchen.

Die Bäuerin nahm es gelassen, weil man ohnehin daran nichts ändern konnte, aber sie wusste, dass ihr Mann das anders sehen würde.

»Das wird dem Xaver gar net passen«, sagte sie, »dass es wieder kein Bub geworden ist.«

Doch sie nahm es nicht weiter tragisch und wandte sich Erfreulicherem zu, nämlich dem Dorfklatsch.

»Weißt schon das Neueste«, sagte sie, kaum dass ich das Kind gewaschen und in die Wiege gelegt hatte. »Meine Schwägerin, die Resi, die eine Schwester von meinem Mann ist, du wirst sie eh kennen, kriegt jetzt auch bald ein Kind.«

Ich schüttelte ihr Kissen auf, und sie lehnte sich bequem zurück. »Du wirst bestimmt bald zu ihr gerufen werden, denk ich mir«, sprach sie eifrig weiter. »Stell dir vor: Bei der laufen die Hühner in der Küche umeinander. Na, wie so eine Schlampe ein Kind haben darf, ist mir unbegreiflich. Das wird ihr bestimmt weggenommen werden, amtlicherseits. Da bin ich mir ganz sicher.«

Die Resi und ihr Kind sind eine Geschichte für sich – eine Geschichte, aus der man lernen kann, dass für ein Kind nicht unbedingt die äußeren Umstände maßgeblich sind, sondern die Liebe und Zuwendung, die ihm in seinem Umkreis zuteil werden, insbesondere die der Mutter, die entscheidend ist für die Gesundheit von Leib und Seele.

Es war ein ärmliches Zuhause, in das dieses Kind hineingeboren werden würde, und auch Sauberkeit und Hygiene ließen zu wünschen übrig.

Zwei Wochen, nachdem ich auf dem Standlhof gewesen war, sollte ich nun auch die Resi von ihrem Kind entbinden. Ich war betroffen, als ich auf das armselige Gehöft kam, und musste unwillkürlich Vergleiche mit dem reichen Standlhof ziehen, der ja auch einmal das Zuhause der Therese gewesen war. Das schlechte Wetter an diesem Tag trug nicht gerade dazu bei, dieses trostlose Anwesen freundlicher aussehen zu lassen. Es regnete in Strömen, und zudem blies ein kalter Wind von den Bergen her.

Inzwischen hatte ich von einer Bekannten erfahren, was mir die Standlbäuerin nicht erzählt hatte – dass Resis Mann nämlich drei Monate nach der Hochzeit bei der Holzarbeit tödlich verunglückt war. Sie habe aus Liebe geheiratet, wurde mir erzählt, wie sonst hätte sie sich dafür entschieden, in solch eine Einöde und auf solch einen ärmlichen Hof einzuheiraten.

Das, was mir die Standlbäuerin über die Zustände auf dem Hof erzählt hatte, stimmte allerdings, und die Resi schien es in puncto Ordnung und Sauberkeit wirklich nicht genau zu nehmen. Sie selbst war gutmütig, etwas naiv vielleicht und vom Aussehen her unscheinbar.

Ich bat den Schwiegervater, der mir schon vor dem Haus entgegengekommen war, mir ganz saubere Tücher zu bringen, denn ich hatte auf den ersten Blick gesehen, dass jene, die er oder die Resi herausgesucht hatten, hygienisch nicht einwandfrei waren. Absolute Sauberkeit aber muss bei einer Geburt oberste Priorität haben. Der Alte fand dann tatsächlich noch ein paar saubere Leintücher in einem Schubfach und reichte sie mir.

Das Wetter verschlechterte sich immer mehr, wurde beinahe zum Unwetter, und ich begann mir Sorgen zu machen, wie ich mit meinem kleinen Lloyd auf dieser holprigen, steilen Straße, die zum Dorf führte, heil wieder nach unten kommen sollte.

Stürmisch rüttelte der Wind an den Fenstern, als ich gegen neun Uhr abends der Resi einen etwas untergewichtigen Buben in den Arm legte. Die Geburt war nicht so schnell und unkompliziert vonstatten gegangen wie bei ihrer robusten Schwägerin vom Standlhof, und anders als diese lag die Resi anschließend erschöpft, blass und schweißnass in ihren Kissen. Ihr aschblondes Haar hing ihr strähnig ins Gesicht, aber sie strahlte und machte einen glücklichen Eindruck.

»Schade, dass es der Anton nicht mehr erleben hat können«, sagte sie leise, »er hat sich so gefreut, als ich ihm gesagt hab, dass ich schwanger bin. Einen Buben hat er sich natürlich gewünscht, wie fast alle Männer, wenn sie das erste Mal Vater werden. Er hätt ihn nun bekommen.«

Doch dann schenkte sie dem Neugeborenen ihre ganze Aufmerksamkeit und schob die Gedanken an ihren verstorbenen Mann beiseite.

Der Sebastian, so sollte das Kind heißen, brauchte die Mutter voll und ganz, wenn er schon ohne Vater aufwachsen musste – das war der jungen Frau sehr wohl bewusst.

Die erste Begegnung von Mutter und Kind ist ein besonderes Erlebnis, das sehr aussagekräftig ist. Man muss nur die Augen der Mutter beobachten, ob sie strahlen oder traurig sind. Man erkennt ihre Gefühle an der Art, wie sie ihr Kind entgegennimmt, wie sie es in ihren Armen hält, wie sie bemüht ist, es warm zu halten, wie sie es nicht wieder in fremde Hände geben möchte.

Die Resi gehörte zu den Frauen, bei denen ich sofort erkannte, dass sie eine vorbildliche Mutter sein würde, trotz ihrer mangelnden Ordnungsliebe. Wann immer ich sie im Rahmen der üblichen Wochenpflege besuchte, fand ich ein zufriedenes Kind vor, das schnell ein normales Gewicht erreichte. Es wurde mit der notwendigen Wärme und Liebe umsorgt, die es zum Gedeihen brauchte. Es fehlte ihm an nichts. Die glücklichen Augen der Mutter sprachen für sich. Auch der Großvater wollte seine Liebe zu dem kleinen Sebastian unter Beweis stellen und trug ihn oft herum, hüllte ihn dabei in warme Decken, um ihn vor Unterkühlung zu schützen. Mutter und Großvater überboten sich regelrecht in ihrer Fürsorge, und so war dieses Kind von einer großen, umfassenden Nestwärme umgeben.

Ich wollte gerade wieder einmal nach dem kleinen Sebastian sehen, als ich dem Dorfpfarrer begegnete. Ich hatte Zeit, das Wetter war gut, und deshalb beschloss ich, zu Fuß zum Einödhof hinaufzugehen und den Wagen unten im Dorf bei der Kirche stehen zu lassen. Als ich ihn gerade absperrte, kam mir der Pfarrer entgegen.

»Wo geht es denn heute hin, Frau Linner?«, sprach er mich freundlich an. »Müssen Sie zu einer Gebärenden?«

»Nein«, antwortete ich, »ich wollte nur bei der Resi in der Öd nach dem Rechten sehen.«

»Das trifft sich ja gut«, antwortete Hochwürden, »da will ich auch hin.«

So schlugen wir gemeinsam den Weg zu dem einsamen Hof ein. »Man hört ja gar nichts Gutes von der Therese. Da oben sollen ja schlimme Zustände herrschen, wie die Leute im Dorf mir erzählen. Wegnehmen sollte man der das Kind, meinen viele. Ist es denn wirklich so arg? Sie müssen das ja am besten wissen.«

»Die Leute reden viel, wenn der Tag lang ist«, erwiderte ich. »Dabei weiß keiner ganz genau, wie es bei der Resi wirklich zugeht. Freilich ist der Hof ziemlich heruntergekommen. Sie bringt halt nicht viel zuwege, und der Schwiegervater ist alt und nicht mehr der Gesündeste, also auch keine Hilfe. Ich denke schon, dass sie mit der Landwirtschaft und dem Haushalt überfordert ist, aber dem Kind fehlt es an nichts, das kann ich nur bestätigen. Keinesfalls ist es verwahrlost. Der kleine Sebastian wächst und gedeiht prächtig. Er war bei seiner Geburt etwas untergewichtig, aber mittlerweile hat er das alles aufgeholt. Wie können die Leute nur davon reden, der Resi das Kind wegzunehmen! Was doch das Wichtigste ist, Herr Pfarrer: Die Resi und ihr Schwiegervater lieben den Buben über alles. Aber Sie werden sich gleich selbst davon überzeugen können.«

»Ich weiß nicht, ob sich das jetzt nicht erübrigt hat«, antwortete der Pfarrer und fuhr nachdenklich fort: »Ich sehe schon jetzt, dass man auf das Gerede der Leute nicht zu viel geben sollte, denn wenn Sie so gut von der Therese sprechen, und Sie müssen es schließlich am besten wissen, dann kann es nicht so schlimm sein.«

Trotzdem ging er noch ein Stück weiter mit mir bis ans Ende des Dorfes.

»Ich kann nur sagen: Wenn alle Kinder so gut versorgt und gepflegt wären wie der Sebastian und vor allem mit so viel Liebe umgeben würden, das wäre für mich die größte Freude.«

»Ja«, meinte der Pfarrer und blieb nun endgültig stehen, »was Sie mir da sagen, das ist wunderbar, und das freut mich ganz besonders. Ich war in Sorge um dieses Kind. Aber da sieht man es wieder – die Liebe und die Freude, das sind die wichtigsten Dinge im Leben.«

»Ich hoffe, der kleine Spaziergang hat Ihnen trotzdem gutgetan«, sagte ich lächelnd zu ihm.

»Das will ich meinen«, erwiderte er lachend und klopfte sich dabei mit beiden Händen auf sein Bäuchlein.

Wir verabschiedeten uns, und ich ging allein zu der Resi hinauf. Gleich bei meinem Eintreffen fühlte ich mich darin bestätigt, dass es richtig gewesen war, bei dem Pfarrer eine Lanze für die junge Frau zu brechen, denn sie kam mir – kaum, dass sie mich erblickt hatte – mit dem Kind auf dem Arm entgegen. Der Bub strahlte mich mit seinen großen blauen Augen an, wie es nur ein zufriedenes, wohlgenährtes und vor allen Dingen geliebtes Kind tun konnte. Er griff mit seinen kleinen Patschhändchen nach meinem weißen Baumwollkopftuch, das ich mir der Sonne wegen übergezogen hatte, und wollte es mir übermütig vom Kopf ziehen.

Die Resi gehörte zu jenen Frauen, die ich immer wieder gern besuchte, zu denen ich einen lebenslangen Kontakt hielt, auch wenn es auf ihrem Hof mit der Ordnung nicht besser wurde. Die Tasse jedoch, in der sie mir bei jedem Besuch ihren heißen, starken Kaffee anbot, war immer sauber, und ihr Guglhupf schmeckte unübertrefflich gut. Was machte es da schon aus, wenn in der Küche die Hennen herumliefen!

Ein unmögliches Weib

Es war an einem Sonntag im Februar. Ein unwirtliches Wetter bescherte uns außer Schnee und Regen auch matschige Straßen, und es war mehr als unerfreulich, wenn man zu Fuß unterwegs sein musste und es keinen Gehweg gab, der einen wenigstens ein bisschen vor dem von vorbeifahrenden Autos aufgespritzten Straßenmatsch schützte.

An jenem nasskalten Sonntag war ich diejenige, die dran glauben musste. Ich wollte nach dem Kirchgang gerade die Straße überqueren, als ein rasanter Mercedesfahrer nahte, weder den Zebrastreifen vor mir noch die riesige Pfütze neben mir beachtete und mich von oben bis unten vollspritzte. Wütend wischte ich mir den nassen Schmutz von meinem hellen Sonntagsmantel.

»Den muss ich jetzt wohl in die Reinigung bringen«, schimpfte ich laut vor mich hin. »Die Rechnung sollte man so einem rücksichtslosen Autofahrer präsentieren!«

Ich merkte nicht, dass dieser Vorfall beobachtet worden war.

»Schau an, die Linner Rosalie«, hörte ich eine Stimme hinter mir. Ich drehte mich um, und der Zorn stand mir wohl noch ins Gesicht geschrieben.

Es dauerte eine Weile, bis ich den Mann im Trachtenanzug erkannte. »Ach, der Harbacher«, fiel es mir schließlich ein, »lange nicht mehr gesehen.«

Ich hatte allen drei Harbacherkindern ins Leben geholfen. Ein Bub und zwei Mädel waren es, doch das war lange her. Inzwischen waren alle erwachsen und die Mädchen schon verheiratet.

Ich fuhr sogleich erregt fort: »Hast du den Mercedesfahrer gerade gesehen, wie schnell der gefahren ist? Von oben bis unten hat er mich vollgespritzt. Eine Unverschämtheit ist das! Die Kosten für die Reinigung müsste der übernehmen! Ich weiß nicht, was sich manche Leute so denken. Schau dir nur meinen Mantel an, Harbacher!«

Aber der Bauer, der gerade vom sonntäglichen Frühschoppen kam und auf dem Heimweg war, lachte nur.

»Siehst, Hebamme«, sagte er mit gutmütiger und ein wenig bierseliger Stimme, »so ist's mir gegangen – nur war's mein Auto, das so vollgespritzt wurde, dass ich es danach nimmer erkannt hab. Das war so ein Februartag wie heut einer. Das gleiche Sauwetter. Es war exakt der 17. Februar 1971.«

Na, der Harbacher hatte wohl schon ein wenig zu tief ins Glas geschaut, dachte ich mir, wenn er mir solch einen Unsinn erzählt. Ich wollte ihn jedoch nicht kränken und fragte ihn deshalb mit einem nachsichtigen Lächeln: »Und das Datum hast du dir so genau gemerkt?« Wieder lachte er auf, so dass der Gamsbart auf seinem Hut zitterte. »Wenn's net der Geburtstag von unserem Maxi gewesen wäre, dann wüsst ich das heut natürlich nimmer.«

»Ach, so ist das!« Ich stimmte in sein Lachen ein und vergaß dabei meinen Ärger über den verschmutzten Mantel für einen Moment.

»Ja, der Maxi – der hatte es recht eilig damals«, erinnerte ich mich.

»Drum erzähl ich es ja«, fuhr der Harbacher gut gelaunt fort. »Es war also der 17. Februar 1971. Ich fahr wie jeden Tag abends von der Arbeit heim, du weißt ja, dass ich viele Jahre lang beim Hunklinger in der Säge geholfen hab«, schweifte er ein wenig vom Thema ab.

Als ich nur nickte, fuhr er redselig fort: »Das Wetter war so miserabel wie heut und die Straße voller Matsch. Da fuhr ein Kleinwagen hinter mir und wollte mich unbedingt überholen. Das Auto, die Marke konnte ich nicht erkennen, blieb mir dicht auf den Fersen, das heißt, es hing beinahe an meiner Stoßstange. Schließlich packte es der Wagen, und dabei klatschte der ganze Schnee gegen mein Auto, bis hinauf aufs Dach und vor allem gegen die Windschutzscheibe. Als er an mir vorbeifuhr, sah ich, dass eine Frau am Steuer saß. ›So eine damische Henne‹, schimpfte ich laut vor mich hin. ›Die ganze Sicht hat sie mir genommen bei ihrem rücksichtslosen Überholmanöver. So was konnte ja bloß den Weiberleut einfallen. Die war wohl von allen guten Geistern verlassen.‹ Ich kochte vor Wut und gab dem Frauenzimmer die deftigsten Namen, die für andere Ohren nicht bestimmt waren. Zu meinem Ärger bog die Verrückte auch noch in die Seitenstraße ein, in die ich musste. Wir hatten also den gleichen Weg. Das auch noch, dachte ich mir. Ganz platt war ich dann, als sie zu allem Überfluss vor unserem Haus hielt.«

Ich warf dem Harbacher einen forschenden Blick zu, denn allmählich schwante mir etwas. »Sag bloß …«, stotterte ich etwas verlegen

»Ja, du denkst schon richtig«, meinte er lachend. »Du warst das. Bist grad noch rechtzeitig gekommen.

Als ich zu meiner Frau ins Schlafzimmer ging, sah ich dich schon in voller Aktion. Da war mein Groll schnell verraucht, und als dann eine Stunde später unser Maxi auf die Welt kam, gesund und kräftig, so wie sich das für einen gescheiten Buben gehört, da hab ich net nur ein Dankgebet gen Himmel gesandt, sondern auch dafür Abbitte geleistet, dass ich dich mit solch wüsten Schimpfwörtern tituliert hab.«

»Könntest du die noch einmal wiederholen?«, fragte ich scherzhaft.

»Lieber net«, meinte der Harbacher schmunzelnd, »sonst wärst du mir heut noch bös.«

Mehr als zwei Jahrzehnte sind seit der rasanten Geburt des Maxi vergangen. Dieses Ereignis, das mir der Harbacher an jenem tristen Sonntagvormittag in Erinnerung gerufen hat, war meinem Gedächtnis völlig entfallen, doch der Harbacher hatte es nicht vergessen, denn schließlich war es der Geburtstag seines Sohnes gewesen, und wer würde sich nicht selbst nach vielen, vielen Jahren genau an den Tag der Geburt seiner Kinder erinnern und an all die kleinen Begebenheiten und Nebensächlichkeiten, die damit einhergingen.

Ich aber musste mir an diesem Tag eingestehen, dass ich wohl selbst nicht immer rücksichtsvoll gefahren bin, auch wenn ich dafür, wie an jenem fernen Tag, oft gute Gründe hatte, weil es einem neuen Erdenbürger sehr eilte, auf die Welt zu kommen. Trotzdem möchte ich hier bei allen, die ich dabei im wahrsten Sinne des Wortes getroffen habe, Abbitte leisten.

Die Binder Kathi würde, wenn sie nicht schon längst tot wäre, in der ihr eigenen Ausdrucksweise sagen: »Wär gescheiter gewesen, du hättest dein Fahrradl behalten und niemals den Führerschein gemacht. Dann hättest net so viel Verdruss und Ärger gehabt.«

Aber so ganz recht hätte die Kathi damit doch nicht gehabt, denn mit dem Rad wäre ich wohl zu manch einer Geburt zu spät gekommen, und dafür habe ich gerne die Kraftausdrücke des Harbacher in Kauf genommen, auch wenn ich bis heute nicht weiß, um welche genau es sich gehandelt hat.

Die Rosenknospe

Gamering war ein kleiner, ruhiger Ort, idyllisch im Tal des Inns gelegen, mit einer Barockkirche, einem Gasthof, dessen Fassade mit schöner Lüftlmalerei verziert war, einer Bäckerei und einem Kramerladen. Ein gutes Dutzend Bauernhöfe, die gleichfalls zu der kleinen Gemeinde gehörten, lagen verstreut um das Dorf herum. Im Süden zeigten sich die Berge, deren Gipfel an diesem Frühsommertag noch weiß verschneit waren.

Ein Dorf, in dem die Welt noch in Ordnung zu sein schien. Ich war in den Kramerladen gerufen worden, und als ich über die Schwelle des Hauses trat, merkte ich schnell, dass es mit der heilen Welt, die in diesem Dorf auf den ersten Blick zu herrschen schien, nicht weit her war.

»Eine solche Blamage tut uns das Dirndl an«, klagte die Kramerin, kaum dass sie mich zur Tür hereingelassen hatte. Neben ihr lief ein ständig bellender weißer Spitz, der sich so wenig wie sein Frauchen beruhigen konnte. Es kam mir vor, als ob er in ihr Gezeter mit einstimmen wollte. Vor sich hin schimpfend, führte die Kramersfrau mich nach oben in eine kleine Kammer, wo die Tochter in den Wehen lag.

»Eine solche Blamage«, wiederholt sie. »Ein lediges Kind bringt sie uns ins Haus. Weiß Gott, von wem's ist. Sie schweigt sich ja drüber aus. Wenn das keine Schand ist.«

Schon als ich durch den Flur ging, empfand ich

das Haus als düster und unbehaglich, und eine Atmosphäre von Enge und Lieblosigkeit lag in der Luft. Ich war während meiner langen Berufstätigkeit in viele Häuser gekommen, in reiche und arme, in moderne und altmodische, aber so etwas wie dieses hatte ich noch nie gesehen.

In der Kammer der werdenden Mutter sah es nicht besser aus. Auch hier roch es nach Muff und Kleinbürgerlichkeit. Die altmodischen Möbel waren dunkel und abgewohnt, und an den Wänden hingen Heiligenbilder. Wie konnte eine junge Frau in solch einer Umgebung nur leben!

Doch die Lise hatte gerade andere Sorgen. Stöhnend krümmte sie sich unter schmerzhaften Wehen – dazu schimpfte die Mutter unverdrossen weiter, und der Hund bellte. Es war eine unerträgliche Situation, und ich hoffte nur, dass die Frau endlich das Zimmer verließ, damit ich meine Arbeit machen und die Gebärende sich konzentrieren konnte auf das, was jetzt wirklich wichtig war.

Die Kramerin musste an meinem Blick wohl gemerkt haben, dass sie momentan unerwünscht war, und verließ schließlich mit bösem Gesichtsausdruck den Raum. Der Spitz, der Bärli hieß, folgte ihr kläffend. Endlich war Ruhe eingekehrt, die wir dringend brauchten – ich atmete auf und die Lise ebenso.

»Wenn die Mama nur nicht gar so bös mit mir wär, weil ich das Kind krieg«, klagte sie während einer Wehenpause.

»Wenn das Kind erst einmal da ist, ändert sich bestimmt alles«, versuchte ich sie zu trösten. »Es ist schließlich ihr Enkelkind, und alle Großmütter lieben ihre Enkel.«

»Meine Eltern sind nimmer die Jüngsten, drum sind sie auch so altmodisch«, erzählte die Lise weiter. »Der Vater hat's mit dem Herzen, und das Gehen macht ihm von Tag zu Tag mehr zu schaffen. Das kommt vom vielen Stehen im Laden.«

Lise wurde wieder von einer heftigen Wehe gepackt und ließ sich mit schmerzverzerrtem und verschwitztem Gesicht in ihre Kissen zurücksinken. Ich redete ihr aufmunternd zu und strich ihr eine Strähne ihres feuchten Haares aus der Stirn.

Als die Wehe vorbei war, sprach sie sogleich eifrig weiter: »Die Mama hat's dagegen mit den Ohren und muss deswegen Tropfen nehmen. Ja, es sind halt schon alte Leut, und man muss Nachsicht mit ihnen haben.«

Ich hätte gerne etwas über den Vater des Kindes erfahren, denn die Ohrentropfen, die der Arzt der Mutter verordnet hatte, interessierten mich eigentlich nicht so sehr. Doch über dieses Thema schwieg sich die sonst so gesprächige Lise beharrlich aus und erzählte stattdessen über die häuslichen Verhältnisse, den kleinen Laden, in dem sie mithalf, und dass das Geschäft recht gut ging, weil es ja sonst weit und breit keines gab, und dass sie zufrieden sein konnten.

Ich wunderte mich über die Reden der jungen Frau, denn ich hätte es viel eher verstanden, wenn sie daran gedacht hätte, aus der Enge ihres Elternhauses auszubrechen, aber davon sagte sie kein Wort.

Nach mehreren Stunden kam das unerwünschte und vaterlose Kind ohne Schwierigkeiten zur Welt.

»Ist es zu früh geboren?«, war Lises erste Frage. Sie schien für die junge Mutter von besonderer Bedeutung zu sein, wichtiger als Gesundheit und Geschlecht des Kindes.

»Es ist ein gesundes Mädchen, und es ist genau zum rechten Zeitpunkt gekommen«, gab ich ihr Auskunft.

»Nicht zu früh?«, fragte die Lise erneut.

»Ja, seien wir doch froh, dass es ausgetragen ist«, meinte ich. »Ein zu früh geborenes Kind ist immer etwas schwierig. Es fühlt sich noch nicht wirklich wohl auf dieser Welt.«

»Ja, dann ist es gut, wenn es rechtzeitig gekommen ist, das Dirndl«, war Lises unverständliche Feststellung.

Ich habe nie herausgefunden, warum diese Tatsache so wichtig für die junge Mutter war.

Der Tag der Taufe kam. Wie immer schmückte ich das Taufkissen mit einigen Blumen, die in meinem Garten in Hülle und Fülle wuchsen. Da kam die Kramerin und schaute mit verbissener Miene auf das geschmückte Kissen.

»Für einen ledigen Bankert ein solches Aufsehen machen!«, rief sie aus. »Ja, was glaubst denn, was da die Leut sagen?«

»Aber bitte schön«, versuchte ich ihr zuzureden, »die Taufe ist auch bei einem unehelichen Kind ein besonderer, ein wichtiger Tag in seinem Leben, den es nur einmal gibt. Ich sehe den Blumenschmuck auf dem Kissen für richtig an.«

»Nein, Hebamme, das kannst uns net antun. Die Leut, die Leut!«, jammert sie. »Wo gibt's denn so was? Blumen auf dem Taufkissen von einem ledigen Bankert. Da kommen wir im Dorf schnell ins Gerede.«

»Ja«, mischte sich nun auch der Vater ein, der genauso dachte wie seine Frau. »Das kommt auf keinen Fall in Frage. Aufs Kissen kommen mir keine Blumen drauf.«

Ich ärgerte mich gewaltig über so viel Starrsinn, ließ es mir jedoch nicht anmerken. Was konnte man nur tun, überlegte ich stattdessen. Ganz ohne Blumenschmuck ging es jedenfalls nicht.

»Wie wäre es denn wenigstens mit einer Rosenknospe?«, fragte ich, weil mir das plötzlich eingefallen war. Dagegen konnten die Großeltern eigentlich wirklich nichts einwenden, doch ich hatte nicht mit deren Sturheit gerechnet.

»Keine einzige Blume kommt auf das Taufkissen«, beharrten sie beide.

»Da hab ich wohl auch noch ein Wörtchen mitzureden«, sagte die Lise plötzlich, die mit ihrem Kind auf dem Arm zu uns in die Stube getreten war und den Disput durch einen Türspalt von draußen mitbekommen hatte.

»Still solltest sein, ganz still!«, lamentierte die Kramerin sofort.

»Nein, das bin ich nicht«, sagte die Lise fest und warf dabei energisch den Kopf zurück. Dann beugte sie sich über ihr Kind und streichelte dessen Wange. »Gell, du bekommst Blümchen auf dein Taufkissen, so wie jeder andere Täufling auch.«

»Ich habe an eine Rosenknospe gedacht«, wiederholte ich meinen Vorschlag.

»Ja, das ist mir recht«, erwiderte die Lise und ging mit ihrem Kind auf dem Arm wieder hinaus.

»Dann in Gottes Namen«, seufzte die Kramerin, »dann soll sie halt ihren Willen haben. Aber in Ordnung find ich das net.«

Wir blieben also bei der Rosenknospe, die ich vor der Taufe ganz bescheiden unter der Schleife des Kissens anbrachte, und der Friede des Tages war einigermaßen gesichert. Ich war froh, dass dieses unehelich geborene Kind nicht schlechter behandelt wurde als andere und seinen Blumenschmuck bekommen hatte.

Die Zeit heilt bekanntlich alle Wunden, und je mehr Monate ins Land gingen, desto mehr liebten die Kramersleute ihre kleine Enkelin.

Ja, ich kann heute sagen, dass sie der Sonnenschein der Familie wurde.

Die kleine Amelie war schon drei Jahre alt, als ich die Lise auf einem Feldweg traf, wo sie gerade mit ihrem Kind spazieren ging. Sie blieb sofort stehen und begrüßte mich freundlich, und das Kind lächelte mir unbefangen zu.

»Ganz verrückt sind sie jetzt mit der Kleinen«, sagte sie, nachdem wir erst eine Weile über das Wetter geredet hatten. »Und stellen Sie sich vor, Frau Linner, vor lauter Wichtigtuerei haben meine Eltern letzthin die Tropfen verwechselt, die sie immer einzunehmen haben. Ich hab es Ihnen ja erzählt, dass es der Vater mit dem Herzen hat und die Mutter mit den Ohren. Verwechselt haben sie die Tropfen.

Weil sie immer nach der Amelie geschaut haben, sind sie ganz durcheinanderkommen. Aber es hat ihnen wohl nicht geschadet, denn sie leben noch«, lachte die Lise fröhlich und blickte dabei liebevoll auf ihr Kind.

»Hast die Oma und den Opa lieb?«, fragte ich die Kleine.

»Ja«, bestätigte diese und nickte dabei heftig mit dem blonden Lockenköpfchen, »ganz fest lieb hab ich sie, weil sie mir immer Schokolade aus dem Laden holen.«

»Nur deshalb?«, fragte ich.

»Nein, weil sie mich auch lieb haben«, antwortete das Kind und zog dann an der Hand der Mutter, damit sie endlich weitergehen konnten.

»Es ist alles gut geworden«, sagte die Lise, »irgendwie hab ich es gleich gewusst, dass es sich mit der Zeit schon einrenken wird.«

Mit zufriedenem Gesichtsausdruck ging sie weiter. Mir fiel ein Stein vom Herzen, denn ich bin ehrlich gesagt nicht ganz so zuversichtlich gewesen wie die Lise.

Glück im Unglück

Als ich in das Haus der bekannten Malerin Gabriele Gibis gerufen wurde, die ihr erstes Kind erwartete, obwohl sie nicht mehr die Jüngste war, fehlten mir zunächst die Worte – ich war sprachlos vor Staunen, denn noch nie während meiner langjährigen Berufstätigkeit hatte ich ein solch herrschaftliches Anwesen betreten.

Der Ehemann hatte mich an der Einfahrt abgeholt und durch den Park zu der Villa geführt. Auf dem sattgrünen Rasen, der sich zu beiden Seiten des langen Kiesweges ausbreitete, war nicht das kleinste Unkräutchen zu finden, und die Hecken, die das parkähnliche Grundstück begrenzten, waren zu kunstvollen Figuren geschnitten. Weit ausladende Trauerweiden berührten mit den Spitzen ihrer Zweige beinahe einen großen Teich, auf dem Enten und Schwäne im Schatten der Bäume schwammen. Einige, teils sehr schöne, teils aber auch recht grotesk anmutende Skulpturen waren im Schatten hoher Tannen aufgestellt, was darauf schließen ließ, dass sie der Hausherr, ein akademisch ausgebildeter, sehr bekannter Bildhauer, selbst geschaffen hatte. Blumen dagegen fanden sich nur sehr wenige in diesem Garten, der in seiner Großartigkeit auf mich ein wenig unheimlich und einschüchternd wirkte.

Doch Dr. Gibis nahm mir schnell meine anfängliche Befangenheit, denn er machte auf mich einen sehr natürlichen, keineswegs überspannten Eindruck.

Als ich das Haus betrat, das dem Garten an Größe und Luxus kaum nachstand, hörte ich schon das Jammern der werdenden Mutter.

»Ich halte das nicht mehr aus«, schluchzte sie statt einer Begrüßung, als ich ihr Schlafzimmer betrat. »Können Sie mir kein Schmerzmittel geben?«

Mir war sofort klar, dass es sich bei Gabriele Gibis um keine einfache Patientin handelte. Sicherlich hatte sie sehr konkrete Vorstellungen, was sie wollte und was nicht, und schien außerdem ziemlich schmerzempfindlich zu sein. Ich durfte bei ihr nicht die gleichen Maßstäbe ansetzen wie bei meinen an Härte gewöhnten Bauersfrauen. Sie litt bereits sehr, obwohl sich die Geburt erst im Anfangsstadium befand, wie ich schnell feststellte. Die Wehen kamen noch unregelmäßig und nicht in kurzen Abständen, aber wenn sie kamen, stöhnte und jammerte Gabriele Gibis gotterbärmlich.

»Ich glaube, das wird sich noch einige Stunden hinziehen«, sagte ich zu der werdenden Mutter. »Ich hätte noch einen Hausbesuch zu machen, um nach einem Neugeborenen zu sehen, und würde in einer Stunde wiederkommen, wenn es Ihnen recht ist.«

»Nein!«, rief sie sofort hysterisch aus, »bleiben Sie bitte hier. Wenn es Komplikationen gibt, was soll dann werden? Nein, auf gar keinen Fall dürfen Sie mich jetzt allein lassen. Das wäre unverantwortlich.«

Obwohl ich im Laufe meiner langen Berufstätigkeit genug Erfahrung hatte, um sagen zu können, ob meine Anwesenheit in den kommenden zwei Stunden erforderlich war oder nicht, schwieg ich lieber. Ich vergewisserte mich, ob alles zur Geburt vorbereitet war, und blieb geduldig am Bett der Malerin sitzen.

Während der Wehenpausen entspannte sich Frau Gibis einigermaßen, und man konnte mit ihr eine normale Unterhaltung führen. Sie erzählte mir, dass sie und ihr Mann zu Beginn ihrer Ehe eigentlich geplant hatten, kinderlos zu bleiben, damit sie beide ganz für ihre Berufe leben könnten. »Da war kein Platz für ein Kind«, bekannte sie. »Aber dann überlegten wir uns, ob das wirklich alles war, Arbeit bis zur Erschöpfung, dann wieder Empfänge und Ausstellungen mit anschließenden Partys. Konnte das der Sinn des Lebens sein? Irgendwann begannen mein Mann und ich daran zu zweifeln, und wir entschlossen uns zu diesem Kind.« Sie verstummte, denn eine neue Wehe bahnte sich an. »Aber«, stöhnte sie nun, »dass ich für dieses Glück so einen hohen Preis bezahlen muss ...« Sie brach mitten im Satz ab, ließ sich in ihre Kissen fallen und wimmerte nur noch.

»Entspannen Sie sich, Frau Gibis«, redete ich ihr gut zu, »Sie verkrampfen sich zu sehr.«

Schließlich betrat der werdende Vater das luxuriöse Schlafzimmer.

»Wie geht es denn meiner Frau?«, fragte er mit einem besorgten Blick auf die vor Schmerzen Stöhnende. »Ist denn das normal, dass sich meine Frau so quälen muss?« Er ging unruhig im Zimmer auf und ab, lief zum Fenster, dann wieder zum Bett, und auf seiner hohen Stirn standen steile Sorgenfalten.

»Es ist alles in Ordnung«, konnte ich nur immer wieder bestätigen. »Aber noch ist Zeit genug, Ihre Frau ins Krankenhaus zu bringen, wenn Sie das lieber möchten.«

»Nein, sie wollte unbedingt eine Hausgeburt, und wenn es doch Komplikationen gibt, dann ist ja der

Dr. Schönfeld, mit dem wir eng befreundet sind, sofort zur Stelle.«

»Dann ist ja alles in bester Ordnung. Und Sie müssen auch nicht so schrecklich aufgeregt sein«, meinte ich beruhigend.

»Sie haben ja recht«, entschuldigte er sich, »ich benehme mich wohl recht albern, aber es ist für mich schließlich auch das erste Mal.«

Als seine Frau wieder zu stöhnen anfing, redete er ihr gut zu, bewirkte dabei aber nur das Gegenteil, denn sie wurde zunehmend nervöser und verkrampfte sich immer mehr. Ihr schönes, fein geschnittenes Gesicht verzerrte sich dabei zur Grimasse.

»Bitte lass mich mit der Hebamme allein«, bat sie schließlich ihren Mann. »Fahr in die Stadt und kauf ein hübsches Strampelhöschen für unser Kind. Dann kannst du auch gleich meine Mutter besuchen und ihr sagen, dass es nun so weit ist.«

»Noch ein Strampelhöschen? Wir haben doch inzwischen schon mehr als ein Dutzend.« Er versuchte zu lächeln, doch es gelang ihm nicht ganz. Erleichtert darüber, wie mir schien, dass er die Schmerzen seiner Frau nicht mehr länger ansehen musste, verabschiedete er sich schließlich. Bereits nach einer paar Minuten hörte ich, wie er mit seinem Wagen davonfuhr. Später rief er an, dass er jetzt bei der Schwiegermutter sei und dort die Geburt abwarten wolle – das wäre sicher das Beste für ihn und seine Frau. Ich hatte keine Einwände, denn die Geburt verlief bis jetzt völlig normal.

Nach einigen Stunden des Wartens kam endlich das ersehnte Kind zur Welt. Es machte insgesamt zwar einen gesunden Eindruck, doch das Gesichtchen war übersät mit Pigmentflecken, die das ansonsten hübsche Kind entstellten.

Frau Gibis war zunächst so erschöpft, dass sie nichts wahrnahm und nicht sprechen wollte. Dann, nach einer Viertelstunde, bat sie mich, ihr das Neugeborene in die Arme zu legen.

Es war wie immer, wenn so etwas passierte, auch für mich sehr schwer, einer Mutter erklären zu müssen, dass mit ihrem Neugeborenen nicht alles in Ordnung war. In diesem Fall wünschte ich mir, dass der Ehemann jetzt anwesend gewesen wäre, damit ich in dieser Situation mit der Mutter nicht allein sein musste. Doch ich konnte die Sache nicht länger hinauszögern.

Also reichte ich Gabriele Gibis das Kind und meinte dabei: »Es ist völlig gesund, nur diese Pigmentflecken, aber …« Ich verstummte, als ich in das entsetzte Gesicht der Künstlerin blickte. Zuerst sprach sie kein Wort, nur ihre Lippen bebten, aber dann strich sie zärtlich über das Köpfchen der Kleinen.

»Wie soll ich das ertragen, wie es meinem Mann klar machen, diese Flecken …«, stammelte sie, »das Kind wird sein Leben lang entstellt bleiben.« Sie begann leise zu weinen.

Ich versuchte sie zu trösten, dass es kosmetische und medizinische Mittel und Wege gebe, eine solche Entstellung zu korrigieren, doch Gabriele Gibis war für keinen Trost zugänglich, sah immer nur auf ihr Kind, das sie im Arm hielt und das sie trotz seiner Entstellung immer wieder liebevoll streichelte.

»Ich werde es annehmen, so wie es ist«, sagte sie unter Tränen. »Weil es zu mir gehört, weil es meines ist.«

Ich schlug ihr vor, den mit ihr befreundeten Arzt anzurufen, der ihr aus medizinischer Sicht erklären würde, dass es heutzutage sehr gute Behandlungsmethoden gab, solche Pigmentflecke zu entfernen, sollten sie sich nicht von selbst zurückbilden. Noch bevor der Arzt kam, um die nervlich und körperlich stark strapazierte Mutter wieder aufzurichten, kam der Ehemann zurück.

Als er mit großen Schritten zur Tür hereinkam, fiel sein erster Blick auf das entstellte Gesichtchen der Kleinen.

»Wie ist das nur möglich?«, stammelte er entsetzt.

»Die Natur geht oft seltsame Wege«, bemerkte ich leise. Dabei war ich mir sehr wohl bewusst, dass ich hier keinen Trost spenden konnte, da sich die Eltern von ihrem Wunschkind ganz andere Vorstellungen gemacht hatten. Hier konnte nur noch ein fachkundiger Arzt helfen, der den Eltern konkrete Hinweise für eine Behandlung gab.

Die Pigmentierungen verblassten zwar nicht von alleine, wurden aber später kosmetisch beziehungsweise chirurgisch sehr erfolgreich behoben, und aus der kleinen Karina wurde ein sehr hübsches Mädchen, das mit zunehmendem Alter ihrer blonden, blauäugigen und feingliedrigen Mutter immer ähnlicher sah.

Nach einigen Jahren wurde ich zum zweiten Mal in die Villa der Gibis gerufen, um einem weiteren Kind ins Leben zu helfen.

Wieder bestaunte ich den herrlichen Park, der mir jetzt sogar noch schöner erschien, da er an diesem späten Septembertag in herbstlicher Pracht strahlte. Auch kam mir vor, dass seit der Geburt der kleinen Karina mehr Blumenbeete angelegt worden waren, denn ein süßer Duft durchströmte den Garten. Beim Eingang zum Haus sah ich, dass dort, wo sich noch vor drei Jahren ein gepflegter englischer Rasen erstreckt hatte, inzwischen ein großes Rosenbeet angelegt worden war.

»Wie schön, dass wir Sie wieder als Hebamme gewinnen konnten«, begrüßte mich Gabriele Gibis, die dieses Mal viel gelassener war als bei ihrer ersten Entbindung. Tapfer ertrug sie auch die Wehen, kam nicht mit endlosen Fragen und Befürchtungen und folgte vor allen Dingen meinen Anweisungen.

Das Geschwisterchen ließ sich reichlich Zeit, doch schließlich war es so weit, und die Stunde der Geburt nahte. Ich gebe zu, dass ich selbst etwas besorgt war, ob auch dieses Kind von Pigmentflecken entstellt sein würde. Ich hoffte, dass sich zumindest bei einem Jungen diese Anomalie nicht wiederholen würde.

Gegen Abend, als ein rotglühender Himmel das ganze Schlafzimmer mit seinem Licht erfüllte, kam ein kleiner Junge zur Welt, der sich sofort mit einem lauten Schrei zu Wort meldete.

Gabriele Gibis warf mir trotz ihrer Erschöpfung einen bangen Blick zu, doch ich konnte ihr sogleich beruhigend zunicken, denn der kleine Johannes kam gesund, mit reiner Haut und ohne den geringsten Makel zur Welt

Es war ein glücklicher Tag für die ganze Familie, vor allem aber für die Mutter, die nun wusste, dass sich dieser Albtraum, wie sie ihn bei Karina erlebt hatte, mit all den Operationen, nicht wiederholen würde. Unsagbar froh und erleichtert nahm sie ihr Kind für einen Moment an sich, bevor sie sich erschöpft in ihre Kissen sinken ließ und schnell in einen seligen Schlummer fiel.

Verirrte Liebe

Alle, die sie kannten, hielten die Wohlgemuts mit ihren vier Kindern für eine intakte Familie. Die attraktive Mutter Irene, immer lachend und lebensfroh, war der Mittelpunkt, um den sich alles drehte. Gustav, ihr Ehemann, der neben seiner Frau verblasste, duldete es bescheiden und gutmütig, dass er meist hinter seiner Frau zurückstand, auch wenn nicht alle Leute im Ort dies verstanden und meinten, ihn an seine Rolle als Familienoberhaupt erinnern zu müssen.

Es war mir jedes Mal eine besondere Freude, wenn ich zur Entbindung eines der vier Sprösslinge gerufen wurde, und dachte immer, welch nette Familie dies sei – ein Beispiel für andere, der fürsorgliche Vater, die stets gut gelaunte Mutter und vier gesunde, wohlerzogene Kinder.

Doch diese Idylle sollte Risse bekommen, als ein neuer Nachbar, jung, gut aussehend und in bester beruflicher Position, in das Nebenhaus einzog. Vor allem war er Junggeselle.

Sehr bald wurde bekannt, dass sich zwischen Irene und besagtem Herrn eine Beziehung anzubahnen schien, die von Seiten der Nachbarn interessiert und missbilligend zugleich verfolgt wurde.

Nur Gustav, dem Ehemann, fiel offenbar gar nichts auf. Vielleicht ignorierte er diese Entwicklung, weil er sie nicht wahrhaben wollte. Vielleicht glaubte er auch, dass es sich nur um eine kurze Affäre handelte, die schnell wieder vorüber sein würde. Niemand konnte in diesen Mann hineinsehen und wirklich wissen, was in ihm vorging.

Auch ich machte mir so meine Gedanken, als ich eines Nachmittags ins Haus der Wohlgemuts kam, um nach dem jüngsten Kind zu sehen. Es war vor etwas mehr als einem Jahr etwas zu früh auf die Welt gekommen und kränkelte immer wieder einmal.

Irene war nicht zu Hause, dafür hatte sich der Vater von der Arbeit frei genommen und passte auf die Kinder auf. Natürlich wusste ich inzwischen ebenfalls von dem Gerücht, das im Dorf grassierte, und musste während meines Besuchs ständig daran denken.

»Magst einen Kaffee?«, fragte mich Gustav Wohlgemut, »Kuchen müsste auch noch irgendwo herumstehen.«

»Mach dir bitte keine Umstände«, wehrte ich ab. »Ich wollte nur nach dem Wolfgang sehen, ob er sich von seinen Masern gut erholt hat. Du weißt ja, dass er recht anfällig ist, da muss man vorsichtig sein. Aber wie ich sehe, geht es ihm schon wieder gut.«

»Du machst mir keine Umstände«, erwiderte der Gustav, und ich merkte, dass er diese Einladung zum Kaffee nicht nur anstandshalber aussprach, sondern dass es ihm ein Bedürfnis war, noch ein wenig mit mir zusammenzusitzen. Er fühlte sich ganz offensichtlich einsam und brauchte jemanden zum Reden.

»Ist die Irene überhaupt nicht daheim?«, fragte ich ihn vorsichtig.

»Nein, sie ist zum Einkaufen gefahren. Das kann sich den ganzen Nachmittag hinziehen. Du weißt ja, wie sie ist«, fügte er mit einem etwas gequälten Lächeln hinzu, »sie kann an keinem Kaufhaus vorbeigehen.«

Wir sprachen dann noch eine Weile über die Kinder, doch immer, wenn ich das Gespräch auf seine Frau brachte, blockte er schnell ab.

Später, auf dem Heimweg, wurde mir klar, dass der Gustav keineswegs so ahnungslos war, wie er tat. Sein gequälter Gesichtsausdruck, den er hinter einem Lachen zu verbergen suchte, hatte ihn verraten.

Nach einem Jahr ließ es sich nicht mehr verheimlichen. Irene hatte sich für den gut aussehenden Nachbarn entschieden und verließ von einem Tag auf den anderen die vermeintlich so intakte Familie. Nur mit einem Zettel, herausgerissen aus einem Kalender, informierte sie ihren Ehemann von der veränderten Sachlage.

Nun war Gustav allein mit seinen vier Kindern – rat- und hilflos, nicht wissend, wie es weitergehen sollte.

»Warum hat mir die Irene das angetan?«, sagte er einmal zu mir, als ich ihn zufällig auf der Straße traf, denn nun konnte er mir nichts mehr vormachen. Jeder wusste, dass seine Frau aus dem gemeinsamen Haus ausgezogen war und mit dem anderen zusammenlebte.

»Was habe ich bloß falsch gemacht? Was hat sie an mir vermisst und an dem anderen gefunden?«

»Ich glaube, dein einziger Fehler war, dass du zu gut gewesen bist«, meinte ich nachdenklich.

»Wenn ihr an mir schon nichts mehr gelegen hat, wie konnte sie aber die Kinder verlassen? Sie ist doch immer eine gute Mutter gewesen. Ich kann's einfach nicht begreifen.«

Ich sah, dass der Gustav um Jahre gealtert war, seit ihn seine Frau verlassen hatte. Vor mir stand ein gebrochener Mann. Es tat mir unsagbar weh, mit ansehen zu müssen, wie dieser Mann vor den Scherben seines Glücks stand. Wie sollte man ihn da trösten?

Trotzdem versuchte ich es, indem ich sagte: »Sie wird schon wieder zurückkommen. Wirst es sehen. Weil da ja auch die Sehnsucht nach den Kindern ist, die sie eines Tages wieder heimtreiben wird.«

»Ein Jahr ist sie jetzt fort und hat anscheinend gar keine Sehnsucht nach ihnen gehabt. Nie hätte ich geglaubt, dass die Irene so etwas fertigbringen könnte«, erwiderte er bedrückt.

Ich ging weiter, weil ich nicht wusste, was ich diesem bedauernswerten Mann noch sagen sollte. Manchmal fehlten einem die Worte in Anbetracht der Widrigkeiten des Lebens.

Irene kam nicht zurück. Sie zog mit ihrer neuen Liebe in einen anderen Ort und vergaß ihr einst so geordnetes Leben mit Gustav und den vier Kindern.

Zwei Jahre nach der Trennung von ihrem Mann wurde ich plötzlich von ihr gerufen, dieses Mal in einer anderen Umgebung.

Als ich zu ihr ans Bett trat, meinte sie, sich vor mir rechtfertigen zu müssen.

»Der Herbert ist meine ganz große Liebe«, sagte sie, »so etwas passiert einem nur einmal im Leben. Ich war noch nie so glücklich, fühlte mich noch nie so angenommen und verstanden.«

»Glaubst du, der Gustav hat dich nicht verstanden?«, fragte ich sie ein wenig verständnislos. Aber es stand mir nicht zu, mich dazu zu äußern, und so lenkte ich das Gespräch in andere Bahnen.

Als sich Irene während einer Wehe vor Schmerzen krümmte, betrachtete ich sie eingehend. Konnten dieser neue Mann und dieses Kind, das nun bald auf die

Welt kommen würde, wirklich ein restloser Ersatz für den Gustav und die anderen vier Kinder sein? Würde nicht einmal eine Zeit kommen, in der Irene ihren Schritt bitter bereuen würde?

»Gelegentlich plagt mich die Sehnsucht nach meinen Kindern«, gestand sie während einer schmerzfreien Phase, »da möchte ich am liebsten zu ihnen laufen und sie alle ganz fest an mich drücken. Aber das geht jetzt nicht mehr. Ich habe mich für Herbert entschieden und für dieses Kind, das bald kommen wird. Und es entschädigt mich für alles.«

Es war ein gesundes Mädchen, das ich Irene präsentieren konnte. Würde sie ihre zurückgelassenen Kinder durch dieses Kind endgültig vergessen, war mein erster Gedanke, als ich es ihr in den Arm legte.

Da sah ich, dass Irene weinte. Weinte sie um das vergangene, geordnete, vielleicht ein wenig zu selbstverständlich gewordene Glück, das sie einer neuen, aufregenden Liebe geopfert hatte? Nur sie allein wusste es.

Doch Irene schwieg.

Zwei Jahre später gebar sie noch ein Zwillingspärchen. Aber zu diesem Zeitpunkt muss ihre Beziehung zu Herbert nicht mehr das gewesen sein, was Irene sich davon versprochen hatte. Die Verbindung zerbrach wenige Monate später, und Irene stand mit ihren Kindern alleine da.

Wieder vergingen Jahre. Die einst so lebensfrohe, strahlende junge Frau war frühzeitig gealtert.

»Das Glück hat mich endgültig verlassen«, erzählte sie mir, als ich sie zufällig in der Kreisstadt traf. »Ich habe noch einmal geheiratet, aber auch diese Ehe ging nicht gut. Dann habe ich den einen oder anderen Mann kennengelernt, doch nie mehr Zufriedenheit und Glück gefunden, und alle Partnerschaften zerbrachen sehr schnell wieder. Nun bin ich allein«, sagte sie, und ihre einstmals so schönen dunklen Augen, die jetzt tief umschattet waren, füllten sich mit Tränen. »Die Kinder gehen schon ihre eigenen Wege und brauchen mich nicht mehr.«

Doch dann trat plötzlich ein kleines Lächeln auf ihr blasses Gesicht. »Nur der Gustav besucht mich manchmal. Es kann nie mehr wieder so werden, wie es einst gewesen ist. Dieses Glück habe ich leichtsinnig verspielt. Aber seine Besuche trösten mich ein wenig, und ich fühle mich dann nicht mehr ganz so einsam.«

Kinderreichtum

Nachdem der November recht mild gewesen war, kam über Nacht ein Temperatursturz, und es begann zu schneien. Die ganze Nacht lang hielt der Schneefall an, so dass ich die größten Schwierigkeiten hatte, zu den Nieblingers zu gelangen, deren Häuschen ziemlich abgelegen am Berg lag.

Einen Kilometer vor meinem Ziel gab ich es auf, mit meinem Auto weiterzukommen, denn ich blieb in den Schneewehen immer wieder stecken. Es blieb mir nichts anderes übrig, als meinen Weg zu Fuß fortzusetzen.

Als es auch noch zu stürmen begann und mir die Schneekristalle beißend in die Augen wehten, war das eine der wenigen Situationen, in denen ich meinen sonst so geliebten Beruf verwünscht habe.

Bei dem kleinen, schon etwas baufälligen Haus der großen Familie angekommen, brachte ich kaum die Haustüre auf, denn der Sturm hatte den Schnee dagegen getrieben und ihn dort aufgetürmt.

Müde und blass erwartete mich in der Küche an diesem ungemütlichen Vormittag die geplagte Mutter, die bald ihr dreizehntes Kind erwartete. Sie war eine hagere, früh verblühte Frau mit einem blassen Gesicht und hohlen Wangen.

»Den Geburtstermin weiß ich wieder net genau, aber ich denk mir, es könnt noch ein wenig dauern«, empfing mich die Leni.

»Bei meinem letzten Besuch hast du gemeint, es müsste Ende November so weit sein. Deshalb bin ich gekommen, obwohl das bei dem Wetter gar nicht so einfach war.«

Als ich sie dann jedoch untersuchte, stellte ich fest, dass es gut gewesen war, mich durch den tiefen Schnee nach oben zu kämpfen.

»Leni, du hast dich getäuscht«, sagte ich, »es dürfte nämlich wirklich bald so weit sein.«

Einen Zyklus, aus dem sich der Geburtstermin errechnen ließ, gab es aufgrund der vielen Geburten, die immer dicht aufeinander folgten, bei der Leni nicht – man ließ der Natur einfach freien Lauf. Warum sich Sorgen machen! Doch diesmal gab es Anlass dazu, denn das dreizehnte Kind schien seinen Weg in die Welt nicht von alleine finden zu können, denn die Plazenta war vorgelagert.

Ich schaute die Leni nachdenklich an, denn einen natürlichen Geburtsverlauf würde es in diesem Fall unter keinen Umständen geben. Ein schwerer Gang stand dieser abgerackerten, ausgemergelten Frau bevor, deren Körper kaum noch über Widerstandskräfte verfügte.

»Dieses Mal wird es nicht so leicht sein, Leni«, sagte ich zu ihr. »Die Ärzte werden bei dir wohl einen Kaiserschnitt machen müssen, und du musst in Krankenhaus.«

»Nie und nimmer«, wehrte sich die Leni, »bis jetzt hab ich noch alle meine Kinder daheim entbunden.«

»Ja, bis jetzt, Leni. Aber bei diesem Kind gibt es Komplikationen.«

Ein Kaiserschnitt wurde zu jener Zeit nur im äußersten Notfall vorgenommen, denn der operative

Eingriff galt allgemein als besonders risikoreich. So war es kein Wunder, dass Schwangere und deren Familien Angst davor hatten.

»Und wenn ich aus der Narkose nimmer erwache?«, fragte sie, nachdem sie wohl eingesehen hatte, dass eine normale Hausgeburt völlig ausgeschlossen war. Der Angstschweiß stand ihr auf der Stirn, und ihre schmalen Lippen zitterten. Mit einem Hilfe suchenden Blick wandte sie sich an ihren Mann. Der hörte sich meine Argumente, dass die Leni sofort ins Krankenhaus müsse, nur wortlos an. Er erhob keine Einwände dagegen.

»Da gibt's eindeutig keinen Aufschub mehr«, sagte ich. »Ich gehe jetzt ins Dorf zurück und organisiere einen Krankenwagen, denn zu Fuß gehen kannst du nimmer, Leni.«

Dem Kindsvater wurde immer unbehaglicher zumute. Obwohl kräftig gebaut, im Gegensatz zu seiner Frau vor Gesundheit strotzend und kaum aus der Ruhe zu bringen, wirkte er dieses Mal recht kleinlaut. Die bevorstehende komplizierte Geburt bereitete ihm offensichtlich Sorgen.

»Bleib du bei der Leni«, bat er mich, »ich werd ins Dorf gehen und den Krankenwagen rufen.«

»Es wird doch alles gutgehen, im Krankenhaus?«, wandte er sich noch einmal an mich, als er schon mit seinem dicken Lodenumhang bei der Tür stand.

»Das wünsche und hoffe ich, schon der Kinder wegen«, war meine reservierte Antwort. »Und merk dir das eine, Sepp, wenn auch jetzt bestimmt alles gutgehen wird – ein vierzehntes Kind kann die Leni nicht mehr gebrauchen.«

Der Nieblinger warf mir nur einen verständnislosen Blick zu und schlug dann die Tür hinter sich zu. Durchs Fenster sah ich, wie er durch den hohen Schnee in Richtung Dorf stapfte.

Was mag er jetzt denken, überlegte ich. Wird er sich meine Worte zu Herzen nehmen und das Seine tun, damit die Leni nicht erneut schwanger wird? Eine weitere Geburt könnte wirklich ihren Tod bedeuten.

Als ich dann, der Leni die Hand haltend, mit ihr ins Krankenhaus fuhr, sah ich immer noch die zwölf Kinder vor mir, die verschüchtert und mit großen, traurigen Augen dem Krankenwagen nachgeschaut hatten, der ihre Mutter einem ungewissen Schicksal entgegenführte.

Mir fiel ein Stein vom Herzen, als die Leni die Operation leidlich gut überstanden hatte und trotz ihrer Befürchtungen relativ bald aus der Narkose erwachte. Der anschließende längere Krankenhausaufenthalt war eine Wohltat für ihren ausgezehrten Körper, und so konnte sie am Ende einigermaßen gestärkt nach Hause entlassen werden, um ihre nun dreizehn Kinder zu versorgen. Auch bei meinen Besuchen hatte ich den Eindruck, dass es ihr recht gut ging.

Doch ich konnte es kaum glauben, als ich elf Monate nach dieser riskanten Geburt eines Nachts wieder in das Häuschen am Bergwald gerufen wurde, um der Leni beim vierzehnten Kind beizustehen, und erneut wurde mir schnell klar, dass eine Hausgeburt nicht zu verantworten war.

Auch wenn ich mir normalerweise kein Urteil über solche Dinge anmaße, war ich in diesem Fall maßlos verärgert über den Ehemann, den ich doch ausdrücklich auf die Gefahren einer weiteren Schwangerschaft und Geburt hingewiesen hatte. Und so konnte ich es mir nicht verkneifen, ihn zu fragen: »Musste das denn sein, nach allem, was geschehen ist?«

Aber der Sepp schwieg dazu und äußerte lediglich seinen Unmut über den neuen Krankenhausaufenthalt, der aufgrund meiner Erfahrung in solchen Fällen, die meist mit Komplikationen und verstärkter Blutung einhergingen, unumgänglich war.

»Sauber, jetzt bin ich wieder allein mit der ganzen Kinderschar«, brummte der Sepp. »Wie soll ich das denn schaffen, wenn sich die Leni wieder ins Krankenhaus legt? Ich hab geglaubt, das wär letztmals eine Ausnahme gewesen. Schließlich muss ich auch noch in die Arbeit gehen. Wie soll ich sonst meine Kinder ernähren?«

»Es muss sein, Sepp, das lässt sich jetzt nicht mehr ändern. Aber denk wirklich mal darüber nach, ob ihr nicht genug Kinder habt.«

Aber der Nieblinger schien nicht zuzuhören, sondern schimpfte weiter: »Das ist ja ganz was Neumodisches, dass jetzt alle Kinder im Krankenhaus auf die Welt kommen. Und du hast's veranlasst. Das hat's doch früher auch net geben.«

»Das ist deine Schuld und nicht die meine, dass die Leni jetzt wieder fort muss und du mit den Kindern allein bist. Soll ich etwa riskieren, dass mir deine Frau unter den Händen wegstirbt? Dann würdest du nämlich sauber dastehen …«

Endlich gab der Sepp klein bei und trollte sich nach draußen, um Holz zu hacken.

Zum Glück lag dieses Mal kein Schnee, und der Krankenwagen konnte problemlos den Berg hinauffahren, ohne wie im Vorjahr in einer Schneewehe stecken zu bleiben, und so erreichte die Leni rechtzeitig das Krankenhaus, bevor die Geburt richtig in Gang kam.

Auch dieses Mal hing ihr Leben wie im Jahr zuvor an einem seidenen Faden, doch wieder war der Herrgott der vierzehnfachen Mutter gnädig – er hatte ein Einsehen und ließ sie am Leben. Lenis Fruchtbarkeit allerdings wurde von den Ärzten ein Ende bereitet. Ich war dankbar für diese Entscheidung, denn ihr großer Kinderreichtum wäre ihr mit hoher Wahrscheinlichkeit letztlich zum Verhängnis geworden.

Eine Dreiecksgeschichte

Ich bin während meiner langen Berufstätigkeit in die verschiedensten Wohnungen und Häuser gekommen. Früher wurde ich überwiegend zu den Bauern gerufen, erst später kamen auch andere Familien hinzu, die eine Hausgeburt wünschten. So lernte ich die verschiedensten sozialen Verhältnisse kennen. Zwar waren die Familien ebenso unterschiedlich wie die häusliche Umgebung, in der sie lebten. Doch fast immer handelte es sich um einigermaßen geordnete Verhältnisse, selbst wenn es ein uneheliches Kind war, das ich ins Leben holen sollte. Nur selten traf ich auf eine ausgesprochen undurchsichtige, verworrene familiäre Situation. Aber auch das kam vor.

So wurde ich an einem frühen Abend zu einer werdenden Mutter gerufen, die außerhalb der Stadt etwas abseits der Straße wohnen sollte. Ein Motorradfahrer und sein Beifahrer übermittelten mir diese Nachricht und boten sich an, mir vorauszufahren, um mich zu der Adresse zu geleiten.

Bei den letzten Häusern am Stadtrand passierte es dann: Ein aus einer Seitenstraße kommender Wagen fuhr mit hoher Geschwindigkeit auf das vor mir fahrende Motorrad auf und verletzte die beiden jungen Männer schwer.

»Das ist kein gutes Omen für diese Geburt«, dachte ich. »Wenn das nur gut geht!«

Obwohl ich ansonsten mit beiden Beinen auf der

Erde stand, konnte ich mich eines gewissen Aberglaubens von Zeit zu Zeit nicht ganz erwehren.

Es waren genug Leute zur Stelle, die sich um die Motorradfahrer kümmerten, so dass ich mich wieder auf den Weg machen konnte. Später erfuhr ich, dass Krankenwagen und Notarzt sehr schnell am Unfallort gewesen waren und die Verletzungen sich nicht als lebensgefährlich herausgestellt hatten.

Ich aber musste nun ohne die Hilfe der Motorradfahrer versuchen, zu besagtem Haus zu gelangen. Nachdem ich mich ein paarmal verfahren hatte, erreichte ich mein Ziel und stand vor einem mehrstöckigen Mietshaus. Als ich in den zweiten Stock hinaufstieg, hörte ich schon das Schreien eines Neugeborenen. Ich blieb vor einer Tür stehen, hinter der ich die Laute gehört zu haben glaubte, und klingelte. Doch niemand öffnete mir. Ich drückte die Klinke herunter – die Wohnung war unverschlossen, und ich ging einfach hinein. Niemand kam mir entgegen, um mich zu empfangen, wie es eigentlich üblich war.

Es überkam mich ein seltsames Gefühl, als ich vor dem Zimmer stand, aus dem die Schreie des Neugeborenen drangen. Nach nochmaligem Klopfen, auf das wiederum keine Reaktion erfolgte, trat ich ein.

Ein tristes Bild empfing mich: Auf einem primitiven Notbett, in einer engen, ungemütlichen und dunklen Wohnküche war ein Kind zur Welt gekommen, dem vermutlich alle Voraussetzungen für geordnetes und gesichertes Leben fehlen würden.

»Grüß Gott«, sagte ich und ging sogleich auf die junge Mutter zu.

»Sie kommen zu spät«, begrüßte diese mich lächelnd, »aber es ist alles gutgegangen. Der Jürgen hat mir geholfen.« Dabei deutete sie auf einen gepflegten jungen Mann, der am Fenster stand und mir freundlich die Hand reichte.

Es befand sich noch ein weiterer Mann im Raum, der das genaue Gegenteil des anderen zu sein schien: Er hatte einen Dreitagebart, aus seiner schmuddeligen Jeans hing ein ebensolches Hemd heraus, und sein hageres Gesicht wirkte fahl und verlebt, obwohl auch er noch jung war. Er schien Kettenraucher zu sein, denn kaum hatte er die eine Zigarette ausgedrückt, zündete er sich schon die nächste an.

»Sie sollten hier nicht rauchen«, ermahnte ich ihn. Er nahm kaum Notiz von mir, hatte mich auch nicht richtig begrüßt, doch immerhin drückte er die angerauchte Zigarette auf meine Aufforderung hin wieder aus.

Ich sah mir das kleine Mädchen und die Mutter genauer an und stellte fest, dass beide gesund waren und die Geburt ohne Probleme verlaufen war. Eigentlich schien also alles in Ordnung zu sein, doch ich wurde dieses unangenehme Gefühl nicht los, das mich sofort beim Eintritt in die Wohnung befallen hatte.

Zwei Männer und eine Frau, wie passte das zusammen?

Wer war der Vater des Kindes? Dieser heruntergekommene Typ, der am Ofen lehnte und mich kaum eines Blickes würdigte, oder der gepflegte, freundliche Mann, der immer noch am Fenster stand? Ab und zu sah er mit einem irgendwie verlorenen Blick auf die Straße hinunter, dann wieder betrachtete er nachdenklich die junge Frau und das neugeborene Kind. Ich konnte die Gedanken nicht lesen, die in seinem Kopf herumgingen, aber ich konnte mir denken, dass es keine erfreulichen waren.

Gab es hier vielleicht irgendeine Rivalität, überlegte ich und stellte schließlich die Frage, die mir schon eine geraume Zeit auf der Zunge lag: »Wer ist denn nun der glückliche Vater? Wem darf ich zu diesem gesunden, hübschen Mädchen gratulieren?«

»Ich bin der Vater des Kindes«, erwiderte der junge Mann am Ofen, den die Mutter Joachim nannte. Unfreundlich, ja beinahe etwas aggressiv hörte sich seine raue Stimme an.

Ob er auch ihr Ehemann war, schoss es mir unwillkürlich durch den Kopf. Die Verhältnisse in dieser Wohnung waren wirklich mehr als verwirrend.

»Und ich bin der Ehemann«, stellte Jürgen bedrückt klar, so, als hätte er meine Gedanken erraten.

Ich merkte, wie unwohl er sich in dieser Umgebung fühlte.

»Ich komme aus München. Eine verworrene Situation, nicht wahr?«, fügte er nach einer Weile ruhig und mit einem leicht ironischen Unterton hinzu. »So etwas wird Ihnen in Ihrer langjährigen Praxis auch noch nicht untergekommen sein?«

»Ich habe schon vieles erlebt, mich kann nichts mehr erschüttern«, erwiderte ich. »Im Übrigen geht es mich nichts an. Das ist Ihre Sache.« Ich versuchte ganz ruhig und gelassen zu bleiben, wollte mir nicht anmerken lassen, wie unangenehm, ja unerträglich ich diese Situation empfand und wie unwohl ich mich in dieser heruntergekommenen Wohnung fühlte.

Als ich am nächsten Tag zurückkam, um nach der Wöchnerin und ihrem Kind zu sehen, war Jürgen, der Ehemann, nicht mehr anwesend.

»Er ist wieder abgereist«, klärte mich Nina, die junge Mutter, auf. Joachim, der Kindsvater, war nun allein mit der Mutter und dem Säugling und hatte, da der Rivale nicht mehr da war, offensichtlich bessere Laune.

»Jürgen wollte mich zurückholen«, gestand Nina, »er redete auf mich ein, dass ich mit Joachim niemals glücklich werden würde, weil der mir rein gar nichts bieten könnte. Aber ich liebe ihn nun einmal«, fügte sie seufzend hinzu. »Ich kann nichts dafür. Es ist einfach so.«

Nur dieses eine Mal hat sie mit mir in diesem vertraulichen Ton gesprochen, dann nie mehr wieder. Wenn ich ihr diesbezüglich noch Fragen stellen wollte, wich sie stets aus und kam schnell auf ein anderes Thema zu sprechen. Das ist eine Angelegenheit, die ich ganz allein zu verantworten und zu bewältigen habe, schien mir ihr Blick zu sagen.

Jürgen, dem sympathischen jungen Mann, gelang es nicht, seine Ehefrau zurückzugewinnen. In die Tiefe der menschlichen Seele Einblick zu nehmen, ist nur selten möglich. Auch Nina ließ es nicht zu, dass jemand bis in ihr Innerstes vordrang, und obwohl ich manches Mal den Eindruck hatte, dass ein starker Druck auf ihr lastete, wollte sie sich um keinen Preis öffnen und sich ihre Sorgen von der Seele reden.

Es fiel mir nicht leicht, diese junge Mutter am zehnten Wochenbetttag zu verlassen, denn ich hinterließ eine in ihrem Innersten zutiefst zerrissene junge Frau, um deren Zukunft ich mir große Sorgen machte und die ich nicht beneidete.

Ich hörte lange nichts mehr von Nina, bis sie eines Tages vor meiner Tür stand. Das einst so schöne, zarte Gesicht wirkte konturlos, müde und fahl. Ihre Kleidung war abgetragen, ihr prachtvolles rotes, lockiges

Haar hatte seinen Glanz verloren und sah strähnig aus. Von ihrer anmutigen, reizvollen Erscheinung war nicht mehr viel übrig geblieben.

»Ich wollte mich nur von Ihnen verabschieden«, sagte Nina an der Tür und reichte mir die Hand, »ich gehe wieder zurück nach München.«

Es entstand eine kleine Pause, und ich betrachtete sie lange und nachdenklich.

»Ich weiß nicht, ob Sie es schon erfahren haben«, fügte sie mit einem traurigen Blick hinzu. »Joachim hat sich das Leben genommen, nachdem ich ihm gesagt habe, dass ich mich von ihm trennen werde. Ich fand ihn tot in der Küche, neben dem Herd liegend. Ich werde diesen Anblick mein Leben lang nicht vergessen.«

Sie bekam feuchte Augen, und ich bat sie, doch für ein paar Minuten hereinzukommen. Aber sie schüttelte den Kopf.

»Mein Zug geht in einer halben Stunde. Die Sarah habe ich bei Bekannten untergebracht, bis ich eine neue Wohnung gefunden habe. Ich kann hier nicht mehr leben.«

Sie ging nicht gleich, sondern blieb an der Tür stehen, ohne jedoch einzutreten. Sie schien mir noch etwas sagen zu wollen, und ich sah sie abwartend und ruhig an.

»Ich wollte wieder zurück in ein normales, geregeltes Leben, das Joachim mir und dem Kind nicht geben konnte. Er ist vor langer Zeit aus der Bahn geworfen worden, ging keiner geregelten Arbeit nach, dann kamen Alkohol und Drogen ins Spiel. Irgendwann hielt ich dieses Leben einfach nicht mehr aus, zumal ich wusste, dass Joachim sich niemals ändern würde.«

Ich verstand sie, reichte ihr die Hand und wünschte ihr und dem Kind alles Gute. Danach habe ich Nina nie mehr wiedergesehen, doch ich habe oft an sie gedacht und gehofft, dass ihr ein Neubeginn gelungen ist. Vielleicht hat der Jürgen sie sogar wieder aufgenommen – ich hätte es ihr und dem Kind von Herzen gewünscht.

Nina hatte hoch gespielt und verloren. Welche Werte besaß dieser Mann, dass die hübsche Frau ihn, den Aussteiger, der sich gesellschaftlich nicht anpassen konnte, ihrem gebildeten, kultivierten Ehemann vorgezogen hatte? Niemand weiß es! Niemand kann es verstehen. Vielleicht wusste Nina es selbst nicht genau.

Hauptsache gesund

An einem heißen Augusttag, mitten in der Heuernte, wurde ich auf den Zirnhof gerufen. Reglos, als atmeten sie kaum noch, lagen die Felder und Wiesen in der Sommerhitze. Da es schon wochenlang nicht mehr geregnet hatte, wurde ich von Staubwolken eingehüllt – zudem schwitzte ich gottserbärmlich. Der Schweiß lief mir über die Stirn und vermischte sich mit dem Straßenstaub.

Der Teufel hatte mich wohl geritten, als ich beschloss, mit dem Fahrrad zu fahren. Wie angenehm wäre es jetzt, mit weit geöffneten Fenstern in meinem kleinen Auto zu sitzen!

Ich war heilfroh, als mir ein Wäldchen, das sich unweit des abgelegenen Gehöftes befand, ein wenig Schatten und Kühlung bot.

Der Bauer hatte mir am Telefon gesagt, dass nach Meinung der Schwiegermutter, die einige Erfahrung besaß, keine große Eile bestand. So beschloss ich, eine kurze Rast einzulegen, um mich im Wald von der Hitze ein wenig zu erholen. Ich lehnte mein Fahrrad an einen Baum und setzte mich auf eine Bank. Dabei kam mir in den Sinn, wie ich vor zwölf Jahren, in der Nachkriegszeit, das letzte Mal auf diesem Hof gewesen war. Die jetzige Bäuerin, die nun ihr erstes Kind erwartete, war damals zehn Jahre alt gewesen – ein neugieriges, lebhaftes Mädchen mit Augen wie Kirschen, in denen der Schalk nur so funkelte.

Ich konnte mir ein Lächeln nicht verkneifen, als ich – versonnen in den grünen Blätterwald schauend – meine Erinnerungen schweifen ließ. Damals hatte die kleine Marianne die Sichtblenden um das Bett ihrer Mutter vor lauter Neugier und Unachtsamkeit zu Fall gebracht. Die primitive Holzkonstruktion, an der alte Militärdecken die Blicke der Kinder abhalten sollten, brach zusammen, und Gestänge und Decken fielen auf die Gebärende und mich, so dass ein erhebliches Chaos entstand. Die Marianne, die unbedingt die Geburt ihres Geschwisterchens durch ein Guckloch beobachten wollte, machte sich daraufhin aus dem Staub. Der jetzige Austragsbauer, ihr Vater, lief ihr nach, um ihr die Leviten zu lesen, aber er konnte das schlaue Kind nirgends finden. Später erzählte sie, dass sie sich im Hühnerstall versteckt hatte.

»Na, wenn die mir unter die Finger kommt, die kann was erleben«, sagte er und richtete das Holzgestell wieder auf.

Inzwischen waren viele Jahre vergangen. Heute würde die Marianne selbst ein Kind bekommen, und ich sollte ihr dabei helfen wie vor vielen Jahren ihrer Mutter.

Ich erhob mich träge von der Bank. Auch wenn keine direkte Eile geboten war – eine Hebamme sollte nie trödeln. Außerdem hatte ich mich inzwischen in dem kühlen Wäldchen ein wenig von der Hitze erholt.

Ich radelte also weiter, vorbei an ein paar Bauernhöfen, die verstreut am Fuß eines Hügels lagen, dann war ich beim Zirnhof angekommen.

Wie ausgestorben wirkte das Anwesen auf den ersten Blick in der brütenden Hitze. Kein Laut war zu hören. Sogar der Hofhund, der im Schatten der Hauswand auf dem Pflaster lag und die Schnauze weit nach vorne streckte, rührte sich nicht. Er hob nur ein wenig den Kopf, um ihn dann gleich wieder sinken zu lassen. Die Hitze machte auch ihm zu schaffen.

Als ich den kühlen, dunklen Flur betrat, hörte ich die Jungbäuerin aus der Küche rufen: »Bist es du, Hebamme?«

»Grüß dich Gott, Zirnhoferin.« Ich trat ein und sah die Marianne noch in Arbeitskleidung, das Gesicht und die Hände voller Schweiß und Staub, auf dem Kanapee kauern.

»Der Franz ist bei mir gewesen und hat gemeint, es könnt heute noch kommen«, sagte ich und ging zu ihr hin, um mir den Stand der Dinge genauer anzusehen.

»Ich war ja bis Mittag noch beim Heuen, da bekam ich plötzlich Wehen«, erzählte sie. »Was meinst denn, wie lange wird es noch dauern?«

»Das kann ich schlecht sagen. Auf jeden Fall musst du die schmutzigen Kleider wechseln und dich waschen, und es wäre auch gut, wenn du dich ins Bett legen würdest.«

Schwerfällig erhob sie sich und befolgte meine Anweisungen, doch ich musste ihr helfen, weil sie ständig von Wehen geplagt wurde.

»Ich bin so froh, dass du gekommen bist«, sagte sie immer wieder.

Da kam der Bauer herein, der auf dem Hof eingeheiratet hatte, und meinte: »Dass es grad heut kommen muss, das Kind, wo wir so dringend das Heu einfahren müssen. Hast es net gesehen, dass ein Wetter ansteht?«, fügte er hinzu und sah mich dabei fragend an.

»Nein, das ist mir nicht aufgefallen, nur, dass draußen eine richtige Gluthitze herrscht«, erwiderte ich noch immer schwitzend. »Aber lass dich nicht aufhalten und mach deine Arbeit, damit wenigstens du etwas tust, wenn deine Frau schon ausfällt. Ich komme schon alleine zurecht, und die Großmutter ist ja auch noch da. Die wird mir sicherlich zur Hand gehen, wenn Not am Mann ist.«

Der Franz ging aufatmend hinaus und schwang sich sofort auf seinen Traktor, um zu seinen Wiesen hinauszufahren.

»Ja, als Bauer kann man da keine Rücksicht nehmen«, sagte die Marianne, die ihrem Mann nicht böse war, dass er ihr bei der Geburt keinen Beistand leisten konnte. »Wir müssen uns nach dem Wetter richten. Da hilft alles nichts. Die Mutter ist übrigens im Stall. Sie wird gleich kommen, wenn sie mit dem Füttern und Ausmisten fertig ist.«

»Mach dir nur keine Gedanken, Marianne. Es ist alles in Ordnung bei dir, und ich denke, dass die Geburt schnell und ohne Probleme abläuft.«

Plötzlich wurde es dunkel in der nach Süden gerichteten Schlafstube – es begann zu blitzen und zu donnern, und bald prasselte ein Platzregen gegen die kleinen Fensterscheiben.

»Du lieber Himmel, der Franzl wird doch net mit seinem Bulldog bei dem Wetter draußen sein!«, rief die Marianne aus, obwohl der Höhepunkt der Geburt erreicht war. »Net, dass er noch vom Blitz erschlagen wird!«

In diesem Moment trat die Großmutter in die Stube und beruhigte sie. Der Franz sei gerade in die Tenne gefahren, mit der letzten Fuhre Heu, buchstäblich in letzter Minute. »Der hat vielleicht ein Glück gehabt, aber das hat der ja immer«, lächelte sie, trat zu ihrer

Tochter hin und strich ihr mit einer zärtlichen Geste eine Strähne ihres feuchten Haares aus der Stirn.

»Jetzt denkst aber net an den Franz und an das Heu, sondern an dich und tust schön das, was dir die Hebamme anschafft«, meinte sie mit aufmunternder Stimme.

Nach zwei Stunden, als das Gewitter sich inzwischen verzogen hatte und ein festlich leuchtender, von allen Wolken gereinigter Abendhimmel sich im Westen auftat, legte ich der Marianne ein gesundes Mädchen in die Arme.

»Freilich wär's schön gewesen, wenn's ein Bub geworden wär«, sagte die Großmutter zu mir, »aber wichtig ist doch, dass das Dirndl gesund ist, und das ist es ja, hast du gesagt. Damit sind wir dann zufrieden.«

Doch leider war das Kind mit einem Geburtsfehler behaftet. Er wurde allerdings erst viel später entdeckt.

Die kleine Veronika war inzwischen zweieinhalb Jahre alt, als ich wieder zur jungen Zirnhoferin gerufen wurde. Dieses Mal herrschte keine sommerliche Hitze, sondern es war Winter – Wiesen und Wälder lagen tief verschneit, und zudem herrschte eine bittere Kälte.

Ein zweites Mädchen wurde geboren, das ebenfalls gesund zu sein schien, wenn man vom linken Füßchen absah, das eine leichte Fehlstellung aufwies.

»Jetzt ist das zweite Dirndl auch net ganz in Ordnung«, jammerte die Marianne, als ich sie darauf hinwies.

»Aber die Vroni ist doch gesund, oder etwa nicht?«, gab ich zur Antwort.

»Nein, sie ist im Kopf net ganz richtig, und reden kann sie auch noch net.«

»Aber das ist ja schrecklich«, rief ich aus, denn davon hatte ich nichts gewusst.

Bevor ich den Hof wieder verließ, ging ich noch einmal zur Großmutter hinein, die mit ihrer Enkelin strickend in der Stube am Tisch saß.

»Na, wie geht's denn unserer Vroni?«, wandte ich mich an das Kind und sagte dann zur Altbäuerin: »Die Marianne meint, dass mit der Kleinen nicht alles in Ordnung ist.«

Die Großmutter nickte seufzend. »Ja, das befürcht ich auch.«

Ich sah mir die Veronika genauer an. Ihre wachen, dunklen Augen, die sie von der Mutter geerbt hatte, ihre Bewegungen, als sie das Wollknäuel der Großmutter hin und her rollen ließ, ihre ganze Haltung – all das ließ auf keine geistige Behinderung schließen. Aber meine Worte, die ich an sie richtete, registrierte sie offenbar nicht.

Es kam nicht die geringste Reaktion von ihr, so sehr ich auch auf sie einredete.

Ich war ziemlich ratlos und riet der Großmutter, sie sollten doch einmal einen Kinderarzt aufsuchen. Ich wusste, dass die Bauern es diesbezüglich nicht so genau nahmen, dass sie gesundheitliche Schäden meist gottergeben akzeptierten und nicht viel dagegen unternahmen.

Draußen kam plötzlich ein kräftiger Wind auf, und eine heftige Böe schlug die offen stehende Stalltür zu, die mit lautem Krachen ins Schloss fiel. Die Austragsbäuerin erschrak noch mehr als ich und zuckte zusammen, nur die kleine Veronika blieb seelenruhig am Tisch sitzen, war kein bisschen erschrocken und reagierte überhaupt nicht.

Die Großmutter und ich wunderten uns darüber, aber dann meinte die Bäuerin: »Sie reagiert net, weil sie halt net ganz richtig im Kopf ist.«

Nun machte ich die Probe aufs Exempel. Ich zog das Kind auf meinen Schoß und sprach freundlich auf sie ein, ohne dass sie mir eine Antwort gab. Da schlug ich mit der Faust so hart auf den Tisch, wie ich nur konnte. Während die Großmutter mir einen entgeisterten Blick zuwarf, schien die Vroni es gar nicht gehört zu haben.

Meine Vermutung verdichtet sich nun, und ich war mir sicher, die Erklärung für das Verhalten des Kindes gefunden zu haben. Die kleine Veronika war von Geburt an schwerhörig, wenn nicht sogar taub.

Auf meinen dringenden Rat hin suchten die Bauersleute in der folgenden Woche dann einen Facharzt auf, der meinen Verdacht bestätigte: Das Gehör war schwer geschädigt, konnte jedoch operativ so weit hergestellt werden, dass das Mädchen mit einem Hörgerät ein normales Leben führen konnte.

Das dritte Kind auf dem Zirnhof war dann endlich ein Bub, der ersehnte Stammhalter. Dieses Kind war gesund und im Gegensatz zu seinen Schwestern ohne den geringsten Makel. Niemand kann es der Familie verdenken, dass sie sich über dieses Ereignis in ganz besonderer Weise freute.

Sieben Kinder ohne Vater

Es ist immer ein Drama, wenn sich Kinder mit der Scheidung ihrer Eltern auseinanderzusetzen haben, wenn sie begreifen müssen, dass es nur noch einen Elternteil für sie gibt. Gelegentlich hörte ich, wie die Kleinen, deren Verstand noch nicht ausreichte, das Geschehen zu begreifen, fragten: »Wann kommt der Papa wieder?« oder »Wo ist der Papa?« Mit mehr oder weniger brauchbaren Ausreden versuchten die Mütter, zu erklären und zu trösten.

Mir ist Annemarie unvergessen geblieben, die mit ihren sieben Kindern von einem Tag zum anderen alleine dastand. Es gab keinen eigentlichen Grund für die Trennung der beiden Eheleute, außer dass der Ehemann und siebenfache Vater wieder frei sein wollte und diesem Drang schließlich nachgab.

»Als ob das ein Grund wäre, einfach davonzulaufen«, sagte Annemarie zu mir, deren siebtes Kind ich erst vor wenigen Wochen entbunden hatte.

»Aber als ich das letzte Mal hier war, saß der Albert doch noch ganz friedlich in der Küche und freute sich über seinen neuen Sohn«, antwortete ich verwundert.

»Ich glaub, da hat er uns etwas vorgemacht. Wie dem auch sei: So schnell kann sich alles ändern«, antwortete Annemarie seufzend. »Ich vermute allerdings, dass es dieses siebte Kind war, dass ihm plötzlich alles zu viel wurde, dass er sich eingeengt fühlte und plötzlich seine Freiheit wiederhaben wollte.« Sie sagte dies zu mir, während sie ihren jüngsten Buben liebevoll badete.

»Ich kann so etwas nicht verstehen«, murmelte ich.

»Ja, bisher hab ich auch geglaubt, ich könnt mich auf den Albert hundertprozentig verlassen. Allerdings hat er mich schon gelegentlich spüren lassen, dass er sich sein Leben anders vorgestellt hätt.«

Annemarie ging zum Wickeltisch, windelte ihren Sohn und zog ihn an, dann legte sie ihn in die Wiege, die im Nebenzimmer stand, und kam wieder zu mir in die Küche zurück.

»Ja, nun bin ich allein mit den Kindern und weiß nimmer, wo mir der Kopf steht«, sagte sie seufzend und setzte sich zu mir an den Tisch. »Ich hoff jetzt nur, dass er sich wenigstens finanziell um seine Familie kümmert, wenn er schon seine eigenen Wege geht.«

Später erfuhr ich jedoch, dass der Albert sich auch dieser Verantwortung entzog, sein monatlicher Unterhalt an Frau und Kinder unregelmäßig kam oder ganz ausblieb, so dass die Annemarie schließlich das Sozialamt in Anspruch nehmen musste. Zu der ständigen Geldnot kamen noch die alltäglichen Sorgen, die schulpflichtige Kinder so mit sich brachten.

An einem heißen, schwülen Vormittag im August wurde ich telefonisch zur Annemarie gerufen. Ich war erstaunt, als es hieß, dass sie nicht mehr in ihrer alten Wohnung lebte, sondern nach Waldkraiburg verzogen war.

Sogleich machte ich mich auf den Weg, doch es war gar nicht so leicht, im Wirrwarr der Straßen die richtige zu finden. Nachdem ich mich zweimal verfahren hatte, fand ich dann doch die angegebene Adresse und stand schließlich vor einer eher tristen Mietskaserne ohne Garten und Spielplatz für die Kinder. Insgesamt war das Viertel, in dem sie wohnte, nicht sonderlich schön.

Ich musste mich vier Stockwerke hinaufquälen, bis ich endlich vor ihrer Wohnungstür stand.

»Du bist wohl überrascht«, begrüßte sie mich, »dass du zu mir noch einmal kommen musst – zu einer geschiedenen Frau«, setzte sie mit einem bitteren Zug um den Mund hinzu.

Sie hatte sich verändert in den letzten drei Jahren: Augenlider und Wangen waren erschlafft, und der Kummer hatte graue Fäden in ihr schwarzes Haar gesponnen, obwohl sie noch keine vierzig Jahre zählte.

Da mir in meinem langen Berufsleben nichts Menschliches fremd geblieben ist, schwieg ich zu Annemaries Äußerung und dachte mir, dass sie vielleicht wieder einen Mann kennengelernt hatte. Sie war ja noch eine verhältnismäßig junge Frau, die sicher nicht ihr restliches Leben alleine verbringen wollte. Irgendwann waren die Kinder aus dem Haus, und was blieb dann noch!

Ich hätte also durchaus Verständnis dafür gehabt, wenn sie auch ohne Trauschein eine Beziehung eingegangen wäre, fragte mich allerdings, ob dazu gleich wieder ein Kind notwendig war, denn davon hatte sie wirklich mehr als genug. Der Sachverhalt war jedoch ein ganz anderer.

Ich war sehr überrascht, dass Annemarie ihre geräumige, helle Wohnung auf dem Land gegen eine kleine Mansardenwohnung eingetauscht hatte, die für so viele Personen eigentlich zu klein war.

»Du hattest doch so eine schöne Wohnung«, konnte ich mich nicht enthalten zu bemerken, »warum bist du denn in dieses Mietshaus gezogen, wo die Kinder nicht einmal einen Spielplatz haben?«

Annemaries blasse Wangen röteten sich etwas. »Er kam halt immer wieder, der Albert. Er bedrängte mich, und als ich mich weigerte, drohte er mir. Ich hatte keine ruhige Stunde mehr, deshalb bin ich hierher gezogen und habe das Land gegen die Stadt getauscht, weil ich gedacht habe, mich hier verstecken zu können.«

»Das hätte ich nie von dem Albert vermutet, dass er sich jetzt auch noch so rücksichtslos verhält«, sagte ich kopfschüttelnd.

Ich sah mich in der Wohnung um, die zwar klein, aber blitzsauber war. In einem der Zimmer spielten die beiden Jüngsten mit ihren Legosteinen und Sonja und Regina, die Zwillinge, mit ihren Puppen. Es gab kein Geschrei und kein Gezänk in dieser Familie. Alles lief geordnet und ruhig ab, und ich bewunderte Annemarie, dass sie ihre Kinder so gut erzogen hatte, und das ohne den Vater, der sich keinen Deut um seine Familie scherte, seine geschiedene Frau jedoch wieder in andere Umstände gebracht hatte. Das war wirklich nicht zu fassen!

»Ich bin von dem Albert so bitter enttäuscht worden und wollt eine Ehe, die nicht mehr besteht, auch nimmer länger fortsetzen«, erzählte sie mir, als wir uns in die kleine Küche zurückzogen, in der wir ungestört reden konnten. »Er hat mich mit sieben Kindern allein gelassen, drückt sich vor den Unterhaltszahlungen, und dann glaubt er auch noch, er könnt mir nächtliche Besuche abstatten!«

»Das Kind ist also von deinem geschiedenen Mann?«, fragte ich stirnrunzelnd.

»Ja«, gestand sie beschämt, »ich floh vor ihm hierher. Aber er schaffte es, mich ausfindig zu machen. Ich war wie gelähmt, als er eines Abends plötzlich vor meiner Tür stand. ›Gell, da schaust‹, sagte er zu mir und fuhr sarkastisch fort: ›Du meinst, du könntest vor mir davonlaufen, aber ich find dich überall, solang ich das will. Merk dir das.‹« Annemarie weinte nun leise vor sich hin, dann fuhr sie nach einer längeren Pause fort: »Das Kind entstand durch Gewalt und durch Drohungen. Das war es, was ich dir sagen wollt, damit du net schlecht von mir denkst.«

Als wir die Kinder im Flur draußen hörten, die von der Schule heimkamen, brachen wir das Gespräch ab. Ich wusste, dass die Größeren die neue Situation bestimmt schrecklich fanden. Sie begegneten mir misstrauisch, antworteten auf meine Fragen, wie es ihnen in der Schule denn ginge, nur einsilbig und zurückhaltend.

»In vier Wochen meld ich mich wieder, und dank dir für den Besuch. Er hat mir sehr gut getan«, verabschiedete sich die Annemarie von mir.

Dann kam der Tag, an dem ich Annemaries achtem Kind zum Leben verhelfen sollte. Eine Hausgeburt unter derart beengten Wohnverhältnissen war zwar nicht sehr empfehlenswert, aber Annemarie bestand darauf, weil sie zu Hause ihre Kinder um sich hatte und weiterhin beaufsichtigen konnte.

Ihre bisherigen Geburten waren jedes Mal ohne Schwierigkeiten verlaufen, so dass es aus medizinischer Sicht keine Einwände gegen eine Hausgeburt gab. Hätte ich zu diesem Zeitpunkt allerdings gewusst, in welche Bedrängnis ich mich mit der Geburt dieses achten Kindes brachte, hätte ich auf einer Krankenhausaufnahme bestanden.

Nach einer normal verlaufenen Geburt stellten sich nämlich plötzlich Probleme ein: Eine festsitzende Plazenta, die mit massiven Blutungen einherging, erforderte sofortige ärztliche Hilfe. Ich rief also die Hausärztin an, und die Sprechstundenhilfe erklärte mir am Telefon, dass die Frau Doktor gleich kommen werde. Inzwischen versuchte ich mehrmals, die Nachgeburt durch massiven Druck zu lösen, jedoch ohne Erfolg.

Eine Stunde verging, ohne dass die zugesagte ärztliche Hilfe kam. Annemaries Gesicht wurde immer blasser und sie selbst immer teilnahmsloser, so, als hätte sie sich bereits aufgegeben. Ich gab allerdings noch lange nicht auf, doch die Angst saß mir im Nacken, und der Schweiß lief über meine Stirn.

Wieder ging ich zum Telefon. »Das Leben der Mutter ist in Gefahr, wenn die Frau Doktor nicht sofort kommt«, sagte ich zu der Sprechstundenhilfe. Wieder versuchte sie, mich zu vertrösten, so dass ich in den Hörer schrie: »Die Frau Doktor soll bleiben, wo sie ist, ich beauftrage jetzt einen anderen Arzt.«

»Aber sie ist doch schon auf dem Weg zu Ihnen«, erwiderte die Arzthelferin nach einer kurzen Pause, in der sie mit irgendjemandem gesprochen hatte, vermutlich mit ihrer Chefin, der Ärztin.

Nachdem ich den Hörer aufgeknallt hatte, versuchte ich noch einmal, mit starkem Druck die Plazenta zu holen. Dieses Mal gelang es mir, und somit war die größte Gefahr für das Leben der Mutter gebannt. Die Nachgeburt war, wie ich sehen konnte, in ihren Teilen vollständig, so dass kein weiterer ärztlicher Eingriff mehr nötig war.

Alles war am Ende gutgegangen, und ich wischte mir den Schweiß aus dem Gesicht. Annemarie lächelte mir zu. »Jetzt bin ich dem Tod wohl noch einmal von der Schaufel gesprungen«, meinte sie scherzend, aber mit sehr schwacher Stimme. Doch dann wurde sie gleich wieder ernst, das Lächeln erlosch; sie schloss die Augen und ließ sich in ihre Kissen zurücksinken.

Wieder überfiel mich die Angst, dass sie es doch nicht so gut überstanden hatte. »Wie geht es dir denn?«, fragte ich besorgt.

»Der liebe Gott hat mir geholfen. Es geht mir gut, und das Kind lebt«, flüsterte sie. »Das war wohl für uns beide die schwerste Geburt, die wir je erlebt haben.« Sie versuchte erneut zu lächeln.

»Das darfst du laut sagen«, erwiderte ich, selbst noch ganz zittrig von der Aufregung. Die Frau Doktor, die ich zu Hilfe gerufen hatte, hatten wir beide vergessen.

In diesem Moment klingelte es, und sie stand vor der Tür.

»Nun, wie geht es?«, fragte sie leichthin und gut gelaunt.

»Sie haben vielleicht Nerven«, fuhr ich sie an. »Diese Mutter lebt, aber sie wäre bald gestorben. Wissen Sie, was das für eine Hebamme bedeutet, von einem Arzt im Stich gelassen zu werden?«

Da senkte die junge Ärztin den Kopf und entschuldigte sich. Ich selbst habe mir später ihr Verhalten mit ihrer Unerfahrenheit erklärt, da sie noch keine lange Berufspraxis hatte. Im ersten Moment war ich jedoch nur wütend auf sie. Schließlich hatte sie durch ihr Verhalten ein Menschenleben aufs Spiel gesetzt. Wäre es mir nicht gelungen, die Plazenta vollständig herauszuholen, wäre es für die Patientin vielleicht böse ausgegangen.

Doch zum Glück überlebte Annemarie ebenso wie ihr Kind, das sie eigentlich gar nicht hätte bekommen sollen, das sie aber trotzdem lieben würde. Ich habe immer Achtung vor Frauen wie ihr gehabt, die sich den Tatsachen stellten und trotz Scheidung, Not und Geldmangel ihr Leben meisterten und sich nicht unterkriegen ließen.

Der Pechvogel

Eines Tages, als ich schon gar nicht mehr damit gerechnet hatte, Wilma jemals wiederzusehen, begegnete ich ihr unverhofft nach vielen Jahren. Ich hatte sie durch die Wirren des Krieges aus den Augen verloren, aber häufig an sie gedacht, mich gefragt, ob sie noch lebte und wie es ihr wohl ergangen war. Dann stand sie auf dem Marktplatz von Waldkraiburg inmitten der hin und her eilenden Menschenmenge plötzlich vor mir, und ich traute meinen Augen nicht.

Vor langen Jahren, als wir beide noch ganz jung waren, besuchten wir zur gleichen Zeit eine Haushaltsschule, die von Ordensschwestern geleitet wurde. Wilma war als Waise dort aufgenommen worden, während ich als Haushaltslehrling geschult wurde. Das junge Mädchen hatte keine Familie, keine Freunde, kein Zuhause. Die klösterliche Umgebung war seine Heimat, es kannte nichts anderes.

Die konsequente Strenge und der absolute Gehorsam, denen man sich unterwerfen musste, machten Wilma nichts aus – sie fügte sich und erduldete alles. Sie schwieg, wenn ihr die unangenehmsten Arbeiten übertragen wurden, denn es war ihr gleichgültig. Ich sah sie selten lachen und nie weinen. Sie war abgestumpft.

Hinzu kam, dass sie mit der ihr eigenen Ungeschicklichkeit überall aneckte. Wilma war der Pechvogel schlechthin. Sie fiel über Putzeimer, stolperte über

Farbtöpfe, und wenn der Aufzug zwischen den Etagen plötzlich stehenblieb, war mit Sicherheit Wilma drin. Der Spott der anderen gehörte zu ihrem Leben. Nur ihre kleinen, traurigen Augen drückten alles aus, was sie fühlte und litt, ohne dass sie darüber ein Wort verlor.

Dann kam der Krieg mit seinen neuen Erfordernissen, und auch Wilmas Leben veränderte sich, doch nicht zum Besseren. Dieses junge Mädchen schien wirklich alles Unglück dieser Welt auf sich zu ziehen. Wir mussten die Schule verlassen, und unsere Wege trennten sich, bis zu diesem Tag.

Es war ein verregneter Novembertag, als ich ihr nach so vielen Jahren wieder begegnete. Ich hatte ausnahmsweise einmal Zeit, und so schlug ich ihr vor, doch in ein Café zu gehen, damit wir uns richtig und ausgiebig unterhalten konnten.

Sie zögerte etwas. »Ich weiß nicht, ob das geht«, meinte sie, »mein Mann erwartet mich daheim!«

»Du hast also geheiratet?«

Es war vielleicht nicht nett von mir, mich in diesem Augenblick daran zu erinnern, dass Wilma alles andere als eine Schönheit gewesen war. Aber es kam schließlich auf die inneren Werte an, und die besaß Wilma ohne Zweifel. Vielleicht hatte ihr Mann das ebenfalls erkannt und sie deshalb geheiratet.

»Ach, komm«, ließ ich nicht locker, »wir haben uns so lange nicht mehr gesehen. Eine halbe Stunde wirst du Zeit haben, und dein Mann gibt deshalb bestimmt nicht gleich eine Vermisstenanzeige auf. Ich lade dich ein.«

Sie erklärte sich schließlich einverstanden, wenn ihr auch nicht ganz wohl dabei zu sein schien, und wir gingen in das nächstgelegene Café, in dem es warm und gemütlich war.

Ich half ihr aus ihrem abgetragenen Mantel, dann setzten wir uns an einen kleinen Tisch und bestellten Kaffee und Kuchen.

»Ich bin noch nie in meinem Leben in einem Café gewesen«, gestand sie mir schüchtern.

»Dann wird es aber höchste Zeit«, antwortete ich lachend und fuhr gut gelaunt fort: »Jetzt erzähl einmal, Wilma, wie es dir denn all die Jahre ergangen ist. Wohnst du jetzt auch in Waldkraiburg?«

»Ja, seit einem Jahr, seit ich mich wieder verheiratet habe.«

»Du warst schon einmal verheiratet?«, fragte ich sie erstaunt.

»Als der Krieg ausbrach, musste ich das Kloster verlassen und bei einem Bauern arbeiten, dessen Söhne alle eingezogen worden waren.« Sie trank einen Schluck Kaffee und lächelte plötzlich: »Auf dem Hof lernte ich dann den Georg kennen, einen der Söhne des Bauern, der auf Heimaturlaub war. Als er zu Weihnachten wieder nach Hause durfte, verlobten wir uns, und bei seinem nächsten Urlaub im Sommer heirateten wir dann. Es war die glücklichste Zeit in meinem Leben.«

Ich ließ sie erzählen, ohne sie zu unterbrechen, und betrachtete sie dabei. Das einzig Schöne an ihr war das weich gewellte, hellbraune Haar. Es kam erst jetzt zur Geltung, da sie es nicht mehr unter einer Haube verstecken musste, wie es damals im Kloster vorgeschrieben war. Ihre Augen jedoch waren noch immer klein und sahen entzündet aus, ihr Gesicht war blass und müde, und über den eingefallenen Wangen traten die Knochen stark hervor.

»Dann erwartete ich ein Kind«, sprach sie weiter. »Der Georg war ganz verrückt vor Freude, als ich es ihm an die Front schrieb. Aber dann, als ich ihm ein zweites Mal schrieb – er war inzwischen nach Russland abkommandiert worden –, kam mein Brief mit einem Stempel zurück. Du kannst dir denken, was das bedeutete.« Ihr Gesicht fiel noch mehr zusammen, und ihre kleinen, trüben Augen wurden feucht. »Einmal in meinem Leben bin ich ein paar Jahre glücklich gewesen, dann hatte mich das Glück auch schon wieder verlassen.«

Begütigend legte ich meine Hand auf die ihre, die abgearbeitet und rot aussah und auf der die Adern hervortraten. »Und was ist aus deinem Kind geworden?«, fragte ich vorsichtig.

»Es wurde tot geboren. Nicht einmal das war mir vergönnt, dass ich ein Andenken an den Georg hatte und einen Menschen, der zu mir gehörte, wenn schon der geliebte Mann im Schützengraben sterben musste.« Sie griff nach ihrem Taschentuch und schnäuzte sich verschämt. »Es wäre ein Mädchen gewesen«, setzte sie leise hinzu.

»Aber du hast ja jetzt wieder einen Mann gefunden«, versuchte ich sie zu trösten, »und bist nicht mehr allein.«

Sie wollte auf diese Bemerkung nicht eingehen, erzählte vielmehr weiter ihre Geschichte: »Der Hof, auf den ich beordert worden war und von dem mein Mann stammte, lag in Niederbayern, in der Nähe von Griesbach. Nachdem der Georg gefallen war und ich auch noch das Kind verloren hatte, wurden die Bauersleute komisch und begannen mich zu drangsalieren, so als wenn ich am Tod ihres Sohnes schuld wäre.

Ich habe doch selber alles verloren!« Sie schnäuzte sich erneut, schob dann ein Stück von dem Kuchen in den Mund, den sie langsam kaute.

»Ich versuchte, eine andere Arbeit zu finden, weil ich es bei dem Huberbauern nicht mehr aushielt, und kam dabei nach München. Doch die Stadt wurde kurz vor Kriegsende ständig bombardiert, und zu essen gab es auch nichts. In den Kriegswirren hat es mich dann ins bayerische Oberland verschlagen, wo ich wieder bei einem Bauern als Magd unterkam.«

»Da hast du ja eine Menge mitgemacht«, erwiderte ich.

»Ja, das kann man wohl sagen.« Ein wenig hektisch sah sie nun auf ihre Armbanduhr. »Aber jetzt muss ich wirklich gehen, Rosalie, sonst gibt es daheim Schwierigkeiten. Und dabei habe ich dich noch gar nicht gefragt, wie es dir all die Jahre, die wir uns nicht mehr gesehen haben, ergangen ist.«

»Ich bin Hebamme geworden«, antwortete ich lächelnd, »aber das erzähle ich dir alles, wenn wir uns das nächste Mal treffen. Ich hoffe doch, dass dies bald der Fall sein wird.«

Ich winkte der Bedienung und bezahlte, worauf mir Wilma einen dankbaren Blick zuwarf. Ich schloss daraus, dass sie selbst nicht viel Geld zur Verfügung hatte.

Ein Jahr verging, ohne dass ich von ihr hörte. Doch dann, an einem ebenso verregneten Tag wie vor einem Jahr, als wir uns nach langer Zeit wieder über den Weg gelaufen waren, stand sie plötzlich im Krankenhausflur vor mir.

Ich hatte gerade eine Spätgebärende entbunden – die Geburt war kompliziert gewesen und hatte sich lange hingezogen, so dass ich ziemlich müde und abgespannt war. Trotzdem interessierte mich, was Wilma im Krankenhaus zu suchen hatte. Sie sah an jenem Tag noch blasser und mitgenommener aus als vor einem Jahr.

»Was fehlt dir denn, Wilma, warum bist du hier?«, fragte ich sie besorgt.

»Ach, ich hatte eine Fehlgeburt«, versuchte sie meine Frage schnell abzutun und wollte schon an mir vorübereilen.

»Willst du dich mir nicht anvertrauen?«, fragte ich sie.

»Da gibt es nichts, was ich dir anzuvertrauen hätte. Ich habe dir ja erzählt, dass ich schon einmal ein totes Kind geboren habe. Ich kann die Kinder scheint's nicht halten.« Sie versuchte wieder, von mir wegzukommen, und ich vermochte es nicht, sie daran zu hindern.

Doch bereits ein halbes Jahr später traf ich Wilma ein zweites Mal im Krankenhaus und dann noch weitere Male.

Manipulierte Fehlgeburten hatten diese Aufenthalte notwendig gemacht. Längst hatte ich so etwas vermutet und sprach Wilma darauf an. Dieses Mal ließ ich mich nicht abwimmeln, und es schien mir, als ob die geplagte Frau nun sogar froh war, sich einmal aussprechen zu können.

Ich setzte mich an ihr Krankenbett und warf ihr einen ernsten Blick zu. »So geht das nicht mehr weiter, Wilma. Du machst dich kaputt. Wenn du nichts dagegen unternimmst, wirst du zu Grunde gehen. Du bist ohnehin schon so kränklich, dass es nicht mehr anzusehen ist.«

»Mein Mann zwingt mich, die Abtreibungen vorzunehmen«, gestand sie mir endlich. »Er will kein Kind.«

»Warum in Gottes Namen hast du so einen Mann geheiratet?«, fragte ich sie schockiert.

»Ich wollte eine Heimat haben, Rosalie, und endlich einen Menschen, zu dem ich gehöre. Nicht länger nur das Arbeitstier für andere sein!«

»Dafür zahlst du aber einen hohen Preis, einen zu hohen!«

Sie schwieg, aber ich war fest entschlossen, etwas dagegen zu unternehmen. Denn irgendwann würde Wilma eine erneute Abtreibung nicht überleben.

So wandte ich mich an einen der Ärzte, der Wilmas Ehemann daraufhin zu sich bestellte. Was zwischen den beiden Männern gesprochen wurde, erfuhr ich nie. Ich hatte aber wohl das Richtige getan, denn Wilma kam nicht mehr.

Sie ist wieder aus meinem Gesichtskreis verschwunden, dieses Mal vermutlich für immer. Dem Pechvogel Wilma hätte ich gewünscht, doch noch eine Familie zu finden, denn das war es, wonach diese vom Leben gebeutelte und benachteiligte Frau sich so sehr gesehnt hatte, dass sie alles dafür in Kauf nahm.

Die verhinderte Adoption

Es herrschte Tauwetter an diesem Tag im März. Nach einem langen Winter kam die Schneeschmelze. Sie ließ den Inn anschwellen, so dass sein Bett die hoch gehenden, bräunlich gefärbten Fluten kaum mehr aufnehmen konnte.

Mein Ziel war ein Häuschen in der Nähe eines Auwaldes. Es war im Dorf allgemein als das Mooshäusl bekannt, da es sich in der Nähe eines sich weit nach Norden ausbreitenden Moorgebietes befand.

Das letzte Stück des Weges führte über eine unbefestigte, jetzt völlig aufgeweichte Straße, und ich verzichtete lieber auf meinen Wagen, ließ ihn beim Friedhof stehen und ging zu Fuß weiter. Gut ausgerüstet mit Gummistiefeln, konnte mir der Matsch auf der Straße nichts anhaben.

Am Waldrand streckten die ersten Leberblümchen und Buschwindröschen ihre Köpfchen aus der Erde, der Boden war weich und mit Feuchtigkeit durchtränkt, und das dicke Moos schillerte gespenstisch im Schein der schräg stehenden Sonne, denn es war bereits später Nachmittag, und bald würde die Dämmerung hereinbrechen.

Ich war zur erst sechzehnjährigen Martina Bauer gerufen worden, die mich dringend brauche, wie es geheißen hatte. Als ich ihre Stube betrat, schaute mir die junge werdende Mutter, fast selbst noch ein Kind, mit großen, angstvollen Augen entgegen, in denen ihre ganze Not zu lesen war. Ich erkannte gleich, dass sie kein leichtfertiges Ding war, sondern sicher auf einen der jungen, selbst noch unerfahrenen Burschen hereingefallen war, der ihr die große Liebe versprochen hatte. Bei diesen jungen Müttern fühlte ich mich immer zu besonderer Zuwendung verpflichtet, weil hier nicht die Angst vor dem Schmerz, sondern die Angst vor der ungewissen Zukunft im Vordergrund stand. Sie brauchten sehr viel Fürsorge und liebevolle Aufmerksamkeit, da sie meistens auch noch unter der Verachtung und Verurteilung seitens der Eltern und der Gesellschaft zu leiden hatten.

In diesem Fall verhielt es sich jedoch anders: Martinas Eltern standen zu ihrer Tochter, und mich empfing kein solches Geschimpfe und Gezeter, wie ich es woanders schon hatte erleben müssen. Ich war erleichtert, denn ich hatte solch eine Szene bei meinem Eintritt in das kleine, saubere Haus schon befürchtet, doch die Eltern waren im Gegenteil sehr besorgt um ihre Tochter, die ein zartes, kindliches Geschöpf mit einem Engelsgesicht und langem, blondem Haar war.

Sie hatte die schweren Monate ihrer Schwangerschaft im Kreis ihrer Familie verbracht, wo sie Unterstützung und Hilfe fand. Wie oft hatte ich erleben müssen, wie junge Mädchen aus dem Elternhaus gejagt wurden und allein ihre Kinder zur Welt bringen mussten. Was Vater und Mutter damit ihrer Tochter antaten, war ihnen vermutlich gar nicht bewusst – sie dachten nur an das Gerede der anderen Leute. Ich kenne Fälle, in denen Eltern so ihr eigenes Kind in den Selbstmord getrieben haben.

Bei allem Verständnis hatte das Ehepaar Bauer jedoch eines zur Bedingung gemacht: Martina sollte ihr Kind nach der Geburt zur Adoption freigeben, um ihre Lehre als Bankkauffrau beenden zu können. Es sei bereits alles abgemacht und ausgehandelt, und Adoptiveltern seien auch schon gefunden, hieß es von Seiten des Jugendamtes. Es gebe also, so gesehen, keine Schwierigkeiten.

Diese Zusammenhänge erfuhr ich, als ich mich mit den Eltern für ein paar Minuten in die Küche zurückzog.

»Ist Ihre Tochter denn damit einverstanden, dass das Kind adoptiert wird?«, fragte ich, denn dass es hier auch um die Liebe einer Mutter zu ihrem Kind ging, danach wurde anscheinend nicht gefragt.

»Ja«, meinte der Vater, »die Martina sieht ja selbst ein, dass es das Beste ist für sie und ihr Kind«, entgegnete er mit fester Stimme. Doch ich merkte, dass seine Frau bei dieser Antwort für einen Moment den Kopf senkte.

So ging ich ins Zimmer der werdenden Mutter und fragte Martina direkt, ob die bereits in allen Einzelheiten vorbereitete Adoption wirklich in ihrem Sinne sei oder ob sie das Kind, ihr Kind, nicht lieber behalten möchte. Sie könnte ihre Lehre doch trotzdem beenden, meinte ich. Vielleicht würde sich ihr Abschluss dann etwas verschieben, aber auf ein Jahr früher oder später kam es doch nicht an.

Martina strich sich eine Strähne ihres blonden Haars zurück und meinte: »Meine Eltern, vor allem der Vater, sind der Ansicht, dass eine Adoption die beste Lösung ist, ich würd mir sonst die ganze Zukunft verbauen, sagen sie.« Sie schwieg eine Weile. »Ja«, fügte sie dann hinzu, »ich glaub auch, dass dieser Weg der richtige ist.«

Ich warf ihr einen langen, nachdenklichen Blick zu. Aus meiner Erfahrung wusste ich, dass solch eine Überzeugung oftmals auf einem wackeligen Fundament stand.

Dann setzten bei dem jungen Mädchen verstärkt die Wehen ein. Die Geburt zog sich lange hin, denn der noch kindliche Körper wehrte sich gegen die erforderlichen Anstrengungen. Doch Martina schaffte es letztlich, ihr Kind komplikationslos zur Welt zu bringen.

Es war ein Mädchen, kerngesund und sieben Pfund schwer, und es besaß die gleichen himmelblauen Augen wie seine Mutter.

Im Krankenhaus ist es üblich, in Fällen wie diesem, in denen eine Adoption beschlossene Sache ist, das Kind gleich von der Mutter zu trennen, um erst gar keinen Kontakt entstehen zu lassen. Bei Hausgeburten ist so etwas nicht möglich. Hier kam es oft vor, dass sich eine Beziehung aufbaute und dann die junge Mutter die Abmachung nicht einhalten wollte. Sie nahm das gegebene Wort zurück, weil die Liebe und die natürliche Bindung zum Kind wie eine Urgewalt über sie hereinbrachen, wenn sie nur an die Trennung dachte.

Nach einer Woche wurde mir nahe gelegt, ich möchte Martina darauf vorbereiten, dass das Kind in den nächsten Tagen abgeholt werde. Das bedeutete auch, dass sie abstillen und der Milchfluss mit allen möglichen Mittel wie straffen Verbänden und Umschlägen blockiert werden musste. Bei Martina Bauer erfüllte ich diese Aufgabe nur mit Widerwillen, aber es lag nicht in meinem Ermessen, mich der Entscheidung der Familie zu widersetzen.

Nach einer weiteren Woche war es so weit, denn das Jugendamt und die Adoptiveltern drängten. Ich war gerade zu einem meiner Wochenbettbesuche bei den Bauers, als eine Vertreterin des Jugendamtes kam, um das kleine Mädchen von der Mutter wegzuholen. Wieder einmal war es erschütternd, miterleben zu müssen, welche Szenen sich bei einem solchen Anlass abspielen konnten.

Martina hatte es sich nämlich plötzlich anders überlegt und wehrte sich mit Entschiedenheit dagegen, dass ihr das Kind weggenommen wurde. Ihre großen blauen Augen wurden ganz dunkel und signalisierten, dass sie bereit war, ihr Kind bis zum Letzten zu verteidigen.

»Ich geb es nicht her!«, rief sie laut. »Ich kann das nicht! Ihr dürft das nicht von mir verlangen. Ich hab es mir anders überlegt: Ich werd mein Kind nicht hergeben, nie und nimmer.« Sie stand am Bettchen ihrer Kleinen, und ihre ganze Körperhaltung drückte Abwehr und Verteidigung aus.

»Aber, Martina«, rief der Vater mehr erschüttert als verärgert angesichts der Reaktion seiner Tochter, »es war doch alles abgemacht!«

»Denk doch an deine Zukunft«, versuchte die Mutter, die kurze Zeit völlig sprachlos gewesen war, ihrerseits auf die Tochter einzureden.

»Du kannst dem Kind doch nichts bieten – aber auch gar nichts«, sagte nun wieder der Vater, dem dieser plötzliche Sinneswandel seiner Tochter dem Jugendamt gegenüber unangenehm war.

»Ich geb mein Kind nicht her, das ist mein letztes Wort«, war Martinas unumstößlicher Entschluss, und dabei blieb es.

Erst als die Fürsorgerin kopfschüttelnd die Tür hinter sich geschlossen hatte, war wieder Ruhe eingekehrt, wenn man von dem Schluchzen der jungen Mutter absah.

»Na, in Gottes Namen, dann behalt es halt, das Dirndl, wenn es dich so schmerzt, es herzugeben«, sagte die Mutter schließlich. Ich sah ihr an, dass sie sogar froh über diese neue Entwicklung war. »Irgendwie werden wir die Kleine schon groß kriegen.« Ihre Stimme klang nun wieder ganz ruhig und gelassen.

»Also gut«, gab auch der Vater nach, »wenn du das Kind unbedingt nicht hergeben willst, dann behalt es halt.«

Sie fragten mich, wie ich die Sache sehen würde, und aus voller Überzeugung antwortete ich: »Es gibt immer einen Weg, ein Kind in die Familie aufzunehmen, denn der beste Platz ist zweifellos an der Seite der Mutter. Freilich gibt es Ausnahmen, aber dazu gehört die Martina nicht. Bei ihr, denke ich mir, ist das Kind bestimmt gut aufgehoben.«

Ich ging zu der jungen Wöchnerin und legte den Arm um ihre zarten Schultern. »Ich freue mich, dass du diese Entscheidung getroffen hast – es ist die beste, die es geben kann.«

Daraufhin drückte sie ganz fest meine Hand, denn die Worte fehlten ihr plötzlich, die vor ein paar Minuten noch so beredt aus ihr herausgesprudelt waren.

Im Zwiespalt

Ich war schon einige Male auf dem kleinen Hof von Monika und Eduard Seidlinger gewesen. Monika stammte von einem Bauernhof ein paar Dörfer weiter. Während ihr Bruder das ganze große Anwesen geerbt hatte, war Monika als seine jüngere Schwester bei ihrer Hochzeit mit Eduard, der auch nichts hatte, nur mit einem Schlafzimmer als Heiratsgut abgespeist worden.

Obwohl Eduard, der aus einem kleinen Ort nördlich von München stammte, von der Landwirtschaft nichts verstand, hatten die beiden sich in den Kopf gesetzt, einen heruntergekommenen, abgelegenen Hof in Gamering zu pachten.

»Ich bin eine Bauerntochter«, sagte die Monika lachend zu mir, als ich mich nach dem Fortschritt ihrer Schwangerschaft erkundigte und das Gespräch dabei auf die Landwirtschaft kam. »Und der Eduard ist mein gelehriger Schüler«, fuhr sie fort. »Jetzt bin ich allerdings bei der Arbeit ein wenig beeinträchtigt, und mein Mann muss das meiste allein machen. Aber es wird ja bald vorbei sein, und dann kann ich wieder richtig zupacken, und bestimmt werden wir's auch schaffen.«

Ich konnte ihren Optimismus hinsichtlich der Zukunft des kleinen Hofs nicht ganz teilen, denn ich wusste, welch hohe Schulden sie hatten und wie schwer sie schuften mussten, um das Notwendige herauszuwirtschaften.

»Ich muss dich einmal sehr direkt etwas fragen, Monika«, begann ich vorsichtig, nachdem ich festgestellt hatte, dass die Schwangerschaft normal verlief. »Sollte es doch irgendwelche Komplikationen geben, nach denen es zwar nicht aussieht, die aber immer eintreten können – wie steht es da bei euch mit einer Krankenversicherung, falls ein Arzt geholt werden müsste?«

»Du bist gut, Hebamme«, erwiderte die Monika, »wo sollen wir dazu denn das Geld hernehmen, wenn es so schon hinten und vorne nicht reicht?«

»Mir brauchst du in Anbetracht eurer schlechten finanziellen Situation nichts zu bezahlen«, erwiderte ich nachdenklich, »aber wenn ein Arzt hinzugezogen werden muss, den müsst ihr bezahlen.«

»Es wird schon ohne Doktor gehen«, erwiderte die Monika und erhob sich aufgrund ihres schon beachtlichen Leibesumfangs schwerfällig von ihrem Stuhl. Auf ihrer runden Stirn entdeckte ich eine tiefe Sorgenfalte.

Ein paar Wochen später war es dann so weit. Es war ein unfreundlicher Tag Ende August, der den nahenden Herbst bereits ahnen ließ. Als ich die schmale Straße zum Seidlingerhof hinauffuhr, wurde mir so richtig bewusst, wie armselig das einsam gelegene Gehöft doch war. Sicher trug die triste Stimmung dieses Tages dazu bei, denn selbst der reizvolle Bauerngarten, an dem an schönen Tagen kaum ein Spaziergänger vorbeigehen konnte, erschien mir heute kümmerlich. Der Regen hatte die weißen Margeriten, die schwefelgelben Fackellilien und die orangegelben Sonnenblumen niedergedrückt, und auch die sonst in einem leuchtenden Karminrot strotzenden Lupinen hingen heute kläglich über den wackeligen Jägerzaun.

In unmittelbarer Nähe des Gartens lag ein großer Stapel gehackten Holzes, daneben mehr verstreut als geordnet lange, dünne Stämme Hartholz, die noch verarbeitet werden mussten. Hühner gackerten auf der Leiter, die zu ihrem windschiefen Stall führte, und ein Entenpaar watschelte laut schimpfend über den unordentlichen Hof dem Bach zu, der nahe am Haus vorbeifloss und im Dorf unten in die Alz mündete.

Monika lag in der Schlafkammer und stöhnte unter heftigen Wehen laut auf, als ich zur Tür hereinkam. Der Eduard folgte mir, obwohl er in Arbeitskleidung war und Dreck an Händen und Stiefeln hatte.

»Ich weiß ohne die Monika nimmer, wo mir der Kopf steht«, jammerte er, »aber irgendwie krieg ich das schon hin. Es ist nur …«, er zögerte etwas, als wäre es ihm peinlich, weiterzusprechen. »Es geht um die Krankenversicherung. Wir haben keine.«

»Jetzt macht euch darüber kein Kopfzerbrechen«, erwiderte ich und ging zu Monika, um sie besser auf ihrem Bett zu lagern. »Wichtig ist im Augenblick nur das Kind. Mir braucht ihr nichts zu bezahlen, und so wie es aussieht, brauchen wir auch keinen Doktor.« Ich hörte, wie der Eduard erleichtert aufatmete.

»Wird es noch lange dauern?«, fragte er mich dann. »Muss die Monika sich noch lange quälen?«

Ich massierte den Rücken der werdenden Mutter. »Nein, es wird nicht mehr lange dauern, aber geh nur noch einmal hinaus zu deiner Arbeit, Eduard. Ich ruf dich dann schon, wenn ich Hilfe brauche.«

Wenig später hörte ich, wie er draußen Holz zu hacken begann.

Nach zwei Stunden trat die Geburt in ihre Endphase ein. Ich spürte förmlich, dass die Nerven der jungen Mutter zum Zerreißen angespannt waren, und fragte mich, was ihr wohl solche Angst machte. Ich streichelte ihren Rücken und fragte nach dem Grund ihrer Angst.

»Ich hab keine Angst«, behauptete sie, doch ihre Augen, ihre Schweißausbrüche und ihre ganze Haltung widersprachen dem. Ahnte diese werdende Mutter etwas, das bis jetzt noch nicht zu erkennen war – etwas Dunkles, Drohendes?

Der seelische Zustand, in dem sich die Monika befand, wollte mir gar nicht gefallen. War es nur die Angst, eventuell einen Arzt konsultieren zu müssen, den sie nicht bezahlen konnten, oder stand mehr dahinter? Ihre düstere Stimmung schien sich auf ihren Mann, der nun frisch gewaschen und angezogen zur Tür hereinkam, zu übertragen. Nachdem er ein paar Minuten am Bett seiner Frau stehen geblieben war und sie getröstet hatte, wurde auch er von einer seltsamen Unruhe erfasst und begann, aufgeregt im Zimmer auf und ab zu gehen. Auf seiner Stirn bildeten sich Schweißperlen.

Die Geburt des Kindes verlief jedoch ohne Komplikationen. Der Mutter ging es gut, aber als ich das Kind genauer anschaute, musste ich zu meiner Bestürzung feststellen, dass es mongoloid war. Die schnorchelnde Atmung des Neugeborenen sowie die leicht bläuliche Färbung des Gesichts, die typisch sind für solche Kinder, waren ebenso wenig zu übersehen wie andere Merkmale.

Diese angeborene Entwicklungsstörung beruht auf einer fehlerhaften Halbierung des Chromosomensatzes in der ersten Zeit der Schwangerschaft. Die Schäden sind gleich nach der Geburt erkennbar:

schlitzförmige, schräg stehende Augen, Sattelnase und offenstehender Mund. Sehr oft kommt erschwerend ein angeborener Herzfehler hinzu, und die geistige Entwicklung ist immer gestört, jedoch in unterschiedlichem Maß. Es kommt vor, dass diese Kinder trotzdem ein verhältnismäßig langes Leben vor sich haben. Im Fall des Seidlingerbuben allerdings sah es gar nicht gut aus, denn er hatte ganz offensichtlich eine erhebliche Herzschwäche, wie ich an den massiven Atemstörungen und dem schwachen Kreislauf erkannte.

Während die Mutter stumm auf das todgeweihte Kind blickte, liefen dem Vater Tränen übers Gesicht. Es waren bittere Stunden, nicht nur für die Eltern, sondern auch für mich, denn jede Hebamme möchte schließlich der Mutter ein gesundes Kind in die Arme legen.

Fürsorglich kümmerte ich mich um Monika und packte dann das Kind in warme Decken, die ich noch mit einer Wärmflasche versah, um es vor Unterkühlung zu schützen, denn noch lebte der Bub.

Ich überlegte, ob man den kleinen Matthias mit Sauerstoff und Kreislaufmitteln am Leben halten konnte, aber dann fragte ich mich, ob solche Maßnahmen wirklich sinnvoll waren. Eine schwere, eine ewige Frage! Wie sollte ich mich entscheiden? Hinzu kam noch das Problem mit der Krankenversicherung. Es gab niemanden, der mir die Verantwortung abgenommen hätte. Dann tat ich das, was ich glaubte tun zu müssen.

Als ich die Mutter außer Gefahr wusste, spendete ich dem kleinen Matthias die Nottaufe, nahm ihn und fuhr mit ihm hinaus in die Nacht zum Krankenhaus.

Vielleicht konnte man dort noch etwas für sein Überleben tun.

Kurzfristig gelang es wirklich, sein schwaches Lebenslicht durch Medikamente und Sauerstoff noch einmal aufflackern zu lassen, jedoch nur für wenige Stunden. Ich blieb während dieser Zeit in seiner Nähe und wartete, bis der kleine Junge den Kampf um sein Leben verloren hatte. Anschließend fuhr ich auf den Seidlingerhof zurück, um den Eltern die traurige Botschaft zu überbringen. Monikas Augen waren feucht, ihre Stimme klang leise und brüchig, als ich zur Tür hereinkam.

»Ist unser kleiner Matthias tot?«, fragte sie mich.

Ich konnte nur mit dem Kopf nicken. Ich wusste nicht, was ich diesen trauernden Eltern noch sagen sollte. Sollte ich ihnen sagen, dass es auch für mich ein schwerer Tag gewesen war, weil ich als Hebamme wieder einmal in einem Zwiespalt gestanden hatte? Das hätte Monika und Eduard nicht getröstet. So blieb mir nur, ihnen schweigend die Hand zu drücken.

Irgendwann würden die Wunden, die ihre Seelen davongetragen hatten, verheilen – irgendwann würde Monika wahrscheinlich ein gesundes Kind gebären, denn die beiden waren noch jung. Ich wünschte es diesen Eheleuten von Herzen, denen im Leben nichts geschenkt wurde.

Die Landpomeranze

Lena, das Fischerdirndl, wie es die Leute nannten, war aus Amerika zu Besuch gekommen.

Ihre Pflegeeltern Josef und Babette Fischer, die das Mädchen als Einjährige aufgenommen und großgezogen hatten, waren stolz auf ihre Leni, die den weiten Weg über das Wasser, wie sie sagten, auf sich genommen hatte, um ihr Kind in ihrer Heimat zur Welt zu bringen.

Die Nachbarn begegneten der Lena dagegen mit einiger Distanz, weil sie nicht vergessen hatten, dass sie damals mit einem amerikanischen Besatzungssoldaten in dessen Heimat gegangen war und dem Gottfried, ihrem treuen Jugendfreund, den Laufpass gegeben hatte.

»Das war net schön vom Lenerl, das tut man net«, meinte die Kräuterfrau zu mir, als ich ihr auf der Straße begegnete und sie mir von der Ankunft der jungen Frau erzählte.

Dann stand Lena eines Tages vor mir, ziemlich stark geschminkt und ein wenig auffällig gekleidet, wie es in Amerika damals bereits üblich war, nicht aber in Deutschland und schon gar nicht in der bayerischen Provinz.

»Ich möchte mich bei Ihnen anmelden, Frau Linner«, sagte sie, »meine Eltern haben mir Ihre Adresse gegeben und gesagt, dass sie die beste Hebamme weit und breit sind.«

»Die sollen nicht so übertreiben«, antwortete ich lachend und fügte hinzu: »Wann soll es denn so weit sein?«

»In zwei bis drei Wochen. Bis dahin möchte ich den Rest meiner Schwangerschaft hier zu Hause verbringen und mich ein wenig verwöhnen lassen. Die Eltern haben sich so gefreut, dass ich nach all den Jahren auf Besuch gekommen bin. Und vor allem sind sie ganz glücklich, dass ich in der Heimat mein erstes Kind zur Welt bringen will. Es wollte erst gar nicht klappen mit einer Schwangerschaft«, erzählte sie freimütig weiter, »und der Edward und ich hatten schon geglaubt, wir müssten unser Leben lang kinderlos bleiben. Aber dann wurde ich plötzlich schwanger, als ich schon gar nicht mehr daran geglaubt habe. Jetzt muss nur noch alles gutgehen, aber bei Ihnen bin ich ja in guten Händen, wie mir die Mutter versichert hat.«

Ich glaubte auch nicht, dass es irgendwelche Komplikationen geben würde, versprach jedoch, vor dem Geburtstermin noch einmal bei ihr vorbeizuschauen. Die Lena war froh darüber und ging beruhigt nach Hause zurück.

Sie genoss die Wochen bei ihren Pflegeeltern in vollen Zügen, unternahm trotz ihrer fortgeschrittenen Schwangerschaft noch Ausflüge mit dem Josef und der Babette, die ihr keinerlei Beschwerden verursachten. Vor allen Dingen machte die »Amerikanerin«, wie die Leute sie hinter vorgehaltener Hand zu nennen pflegten, jeden Tag einen langen Spaziergang. Sie übersah geflissentlich, dass die Leute hinter ihr hersahen und unfreundliche Bemerkungen machten, weil sie nicht vergessen wollten, was sie dem Gottfried angeblich angetan hatte. Dieser hatte, so sagte man, ihretwegen vor fünf Jahren das Dorf aus Kummer verlassen und war in eine andere Gegend gezogen.

Zwei Wochen später, am Ende eines heißen Sommertages, war es an der Zeit, die Lena noch einmal aufzusuchen, um mit ihr alles hinsichtlich der Geburt zu besprechen. Als ich nach Untergrammen fuhr, bot die Natur mir ein einzigartiges Schauspiel. Die Berge zeigten sich in der untergehenden Sonne in einem flammenden Rot, so als hätten die Gipfel Feuer gefangen, und aus der Ferne hörte ich das Murmeln des Schwarzbaches.

Das Haus der Familie Fischer lag am Ortsende, umrahmt von dunkelgrünen Wiesen und einem großen Gemüsegarten, der sich über die ganze Westseite des Anwesens zog. Rechts und links des schmalen Kiesweges, der zum Haus führte, blühten Blumen und Sträucher in allen Farben. Diese Umgebung strahlte solch eine friedliche Stille aus, dass mir ganz warm ums Herz wurde.

Die Babette empfing mich an der Haustür. »Die Leni wird gleich zurückkommen, sie ist mit dem Josef zum Bürgerwald hinaufgewandert. Aber sie weiß ja, dass du kommst«, sagte sie freundlich und bat mich herein.

Sie führte mich auf die Terrasse, wo wir auf die beiden Wanderer warteten und ein wenig schwatzten.

»Ja, das war vielleicht eine Überraschung, als mir das Dirndl vor einem halben Jahr schrieb, dass sie nun endlich schwanger ist und dass sie ihr Kind hier bei uns auf die Welt bringen will«, sagte die Babette. Etwas nachdenklicher und mit gedämpfter Stimme fuhr sie dann fort: »Die Leni war ja ein Jahr alt, als sie zu uns kam. Ihre leiblichen Eltern waren bei einem

Bombenangriff in München ums Leben gekommen. Das Kind war da erst wenige Monate alt und hatte im Kinderwagen gelegen. Es konnte von einer Nachbarin gerettet werden. Erst behielt diese Frau die Lena bei sich, aber sie hatte selbst vier Kinder, der Mann war gefallen, und so kam das Dirndl über eine Bekannte zu uns und wurde unser ganzes Glück. Sie hat uns wirklich dafür entschädigt, dass wir keine eigenen Kinder bekommen haben.«

Die Sonne war inzwischen untergegangen, und da wir immer noch auf Vater und Tochter warten mussten, erzählte die Babette weiter: »Ja, so wuchs die Leni bei uns auf. Sie war so ein liebes, folgsames Kind und hatte viele Freunde. Einer von denen hatte sie besonders gern, das war der Wallner Gottfried. Er warb um sie, und schließlich verlobten sich die beiden. Aber dann lernte sie diesen amerikanischen Soldaten kennen, den sie halt noch lieber mochte als den Gottfried. So entschied sie sich für ihn und war bereit, mit ihm in ein fremdes Land, auf einen fremden Kontinent zu gehen. Wir wollten ihrem Glück nicht im Weg stehen, obwohl uns mehr als weh ums Herz war, als sie uns sagte, dass sie die Heimat verlassen würde, um dem Edward nach Cincinnati zu folgen. Das Dirndl hat uns aber nie vergessen und uns immer wieder eingeladen, wir sollten sie doch mal besuchen kommen.« Die Babette seufzte und sprach dann langsam weiter: »Aber du kennst ja den Josef, man brächte ihn mit zehn Elefanten in keinen Flieger hinein. So ist halt nie etwas draus geworden.« Die Fischerin nahm ihre starke Brille ab und putzte sie gedankenverloren, wobei ich ein paar Tränen in ihren Augenwinkeln glänzen sah. »Aber jetzt ist sie ja gekommen, unser Lenerl, und wir haben eine wunderschöne Zeit miteinander. Jetzt muss sie nur noch ein gesundes Kind auf die Welt bringen, das der Josef und ich als unser Enkelkind ansehen, dann will ich mich nicht beklagen. Das Schicksal geht halt seltsame Wege, und wir Menschen müssen uns damit abfinden.«

»Es ist doch schön, dass sie ihre Heimat nicht vergessen hat und sogar ihrem Kind hier das Leben schenken will. Da habt ihr allen Grund, glücklich zu sein«, sagte ich.

»Ja, dafür bin ich ihr auch ewig dankbar«, meinte die Babette und setzte ihre Brille wieder auf.

In diesem Moment kam die junge Frau, die solch einen unerschöpflichen Gesprächsstoff bot, mit ihrem Pflegevater die Stufen zur Terrasse herauf. Sie sah braun und gesund aus, und nichts deutete in ihrem hübschen Gesicht auf eine Schwangerschaft hin – da sah man keine Flecken und keine Schwellungen, wie es oft vorkommt. Sie verzichtete jetzt wieder auf Lippenstift und andere Schminke und sah doch wunderschön aus, vielleicht sogar hübscher als zuvor.

Sie setzte sich zu uns, während der Josef sich um seine Hühner hinter dem Haus kümmerte. In unserem Gespräch ging es nun um die Vorbereitungen zur Geburt des Kindes – um die Reservierung des Einzelzimmers im Krankenhaus, das sie wollte, um Schwestern und Ärzte, um Babynahrung, Kinderbett und Wäsche …

»Mein Mann möchte, dass ich bestens aufgehoben bin«, erklärte sie selbstbewusst.

»Unser Krankenhaus ist zwar klein, aber es erfüllt alle Voraussetzungen, die zur Geburt eines Kindes notwendig sind. Ich kann es nur empfehlen«, antwortete ich, »aber wenn man auf besonderen Komfort Wert legt, würde ich zu einer Privatklinik in München raten.«

»Nein, das möchte ich nicht«, erwiderte sie, nachdem sie der Babette einen raschen Blick zugeworfen hatte. »Ich möchte mein Kind hier zur Welt bringen.«

Ihre Mutter schenkte ihr für diese Entscheidung einen dankbaren Blick, und wir unterhielten uns anschließend noch eine Weile über andere Dinge, bis ich merkte, dass unsere Unterhaltung der Lena langsam zu viel wurde, denn sie rückte unruhig auf ihrem Stuhl hin und her, stand auf und setzte sich wieder, rieb sich von Zeit zu Zeit den Rücken.

»Ich merke jetzt doch, dass es auf die Geburt zugeht«, sagte sie, »denn das Sitzen fällt mir immer schwerer, und auch die Spaziergänge bereiten mir allmählich Mühe. Das Kind zieht und reißt, als ob es schon hinaus möchte.«

»Allzu lange wird es ja nicht mehr dauern«, erwiderte ich und machte mich auf den Heimweg.

Während der Fahrt nach Hause musste ich immer wieder an meine Landfrauen denken, die das kleine Krankenhaus sehr zu schätzen wussten, weil sie sich dort eine Weile ausruhen konnten und jeder jeden kannte. Dort fanden sie tröstende und freundliche Worte, die sie daheim in ihrer bäuerlichen Umgebung selten hörten, denn ihr Alltag war hart und entbehrungsreich, und es herrschte ein oftmals derber und wenig liebevoller Umgangston.

Die Fischer Lena jedoch, die nun eine wohlhabende junge Frau aus Cincinnati war, hatte ein anderes Leben gewählt, und ich hoffte, dass ihr das Glück erhalten blieb, das sie momentan besaß. Die Verbindung mit Edward, dem fremden Mann aus Amerika, schien glücklich zu sein, und der Lena fehlte es ganz offensichtlich an nichts.

Schon drei Tage später kam – ohne Ärzteteam und Einsatz von Technik – Lenas Kind auf die Welt. Als sie ihr kleines Mädchen im Arm hielt, flüsterte mir die Babette zu, die als Erste ins Krankenhaus gekommen war, um nach den beiden zu sehen, dass sie nun wieder ganz die Leni von einst sei: unkompliziert und bescheiden.

Es war wohltuend, Lenas strahlende Augen zu sehen und sie in ihrem bayerischen Dialekt, in den sich jedoch ein leichter amerikanischer Akzent mischte, sprechen zu hören. Lange hielt sie ihr kleines Mädchen im Arm, das mit dem Fäustchen einen ihrer Finger festhielt, zur hellen Freude seiner Mutter.

Als Babette behutsam über das dunkle Haar ihrer Pflegetochter strich, wird diese sich wohl noch einmal dankbar an ihre Kindheit und Jugend bei diesen lieben Leuten erinnert haben. »Gott behüt dich«, sagte die Babette und zog ein geweihtes Amulett aus ihrer Handtasche, das sie auf das Kissen der kleinen Magdalena legte. Lena nahm es, und ein paar Tränen glitzerten in ihren schönen braunen Augen.

Mit ihrem Kind wieder in Amerika angekommen, schrieb die Lena nicht nur ihren Pflegeeltern, sondern auch mir einen Brief. Darin hieß es, dass sie die Wochen in Untergrammen nie vergessen würde, die langen Spaziergänge mit den Eltern und auch nicht die gute Aufnahme und Behandlung in dem kleinen

Krankenhaus. Dann schrieb sie weiter, dass ihre Magdalena von ihren deutschen Bekannten in Amerika stets »Landpomeranze« genannt werde, aber sie finde diesen Namen wunderbar, weil er sie an ihre bayerische Heimat erinnere.

Nachdem Lena nicht aufgehört hatte, Josef und Babette nach Cincinatti einzuladen, beschlossen diese einige Jahre später, endlich den Flug über den Großen Teich zu wagen.

»Und der Josef hat kein bisschen Flugangst gehabt«, sagte die Babette, nachdem sie wieder zu Hause waren, und erzählte dann noch viele Jahre lang von ihrer Reise ins ferne Amerika, die für die beiden einfachen Leute aus Untergrammen ein unvergessliches Erlebnis gewesen war.

Zwischen zwei Stühlen

Zwischen mächtigen Eichen steht sie noch heute, die kleine Kapelle mit den vielen Votivtafeln, die vom starken Glauben der Menschen zeugen, die aus Kummer oder wegen Krankheit ihre Bitten an diesem geweihten Ort vorbringen und ihrem Dank mit einer Votivtafel Ausdruck verleihen.

Die Wimmerin von Reith sah ich des Öfteren den Weg hinauf zu der kleinen Kapelle gehen, wenn sie ein größeres oder kleineres Anliegen plagte.

»Glaubst du, dass mein Beten noch was hilft?«, fragte sie mich, als wir uns einmal dort oben trafen. »Ich bin ja schon im siebten Monat, und mein Mann will unbedingt einen Buben. Ich mein halt, ob ich den Buben noch erbitten kann, oder ob's net schon zu spät ist?«

Die Wimmerin war eine kleine, bereits etwas verblühte Frau, die spät geheiratet hatte. Viel Geld besaß die Familie nicht, die in einem kleinen Haus in Reith wohnte, das dem Kohlstätterbauern gehörte. Der hatte es einst für seine Eltern als Austragshäusl bauen lassen. Die Alten waren schon lange tot, und das kleine Haus stand danach viele Jahre leer, bis die Huber Rosi den Wimmer Felix heiratete und mit ihm dort einzog, weil die Miete billig war.

»Fürs Beten ist es nie zu spät, Wimmerin«, beruhigte ich sie, »aber um einen Buben beten, das kannst weder du noch der Herr Pfarrer. Wir kennen uns schon so lang«, fügte ich hinzu, »und ich weiß, du wirst auch ein Mädchen mit der gleichen Liebe annehmen wie einen Buben.«

Wir beschlossen, uns für ein paar Minuten auf die Bank hinter der Kapelle zu setzen, um ins Tal hinunterzuschauen. Es war Frühling und die Luft erfüllt von dem berauschenden Duft der Blumen und dem herben Geruch von Wildkräutern, den der Wind vom Wald herwehte. Der Himmel zeigte sich hell und freundlich, aber er war nicht dunkelblau wie an ganz schönen, klaren Tagen, sondern eher von einem milchigen Weiß.

»Du hast ja recht«, setzte die Rosi das Gespräch fort, nachdem wir uns niedergelassen hatten. »Aber wir haben schon zwei Dirndln, und der Felix bildet sich halt jetzt unbedingt einen Buben ein.«

»Ja, so sind die Männer«, erwiderte ich, »dabei ist es doch das Wichtigste, dass das Kind gesund auf die Welt kommt, egal ob Bub oder Mädel.«

»Das mag ja alles sein«, seufzte die Wimmerin, und ich erkannte deutlich, dass ich sie nicht überzeugen konnte – sie hatte sich halt auf einen Buben versteift, und das nur ihres Mannes wegen.

Doch die Gebete der Wimmerin waren zu spät gekommen: Nach zwei Monaten gebar die Rosi ein drittes Mädchen.

Die kleine Ursula wuchs mit den Jahren zu einem freundlichen, dazu gescheiten Mädchen heran, doch sie einen Beruf erlernen zu lassen, das konnte sich die Familie nicht leisten. Auch sie musste sich nach der Schule bei einem Bauern verdingen, wie schon zuvor ihre beiden Schwestern.

Und wie diese wartete die Ursula nur darauf, endlich den richtigen Mann zu finden, denn heiraten, Kinder kriegen, eine Familie gründen – das war letztlich der Wunsch all dieser jungen Mädchen, die auf den Höfen als Mägde in Dienst gingen und allzu häufig ausgenutzt wurden. Von früh bis spät mussten sie sich abrackern, und das meistens für nicht mehr als ein Taschengeld.

So war die Ursula glücklich, als sie den Thomas Dillinger kennenlernte, einen braven Handwerker, der ihr ein Zuhause geben wollte. Das kleine Häuschen, das er zusammen mit seiner Mutter bewohnte, bot auch noch Platz für die Ursula, doch die junge Frau ahnte nicht, dass es bald Probleme geben würde. Johanna Dillinger, die früher so stille und freundliche Frau, wurde nämlich zur eigensinnigen, unberechenbaren und eifersüchtigen Schwiegermutter, die das Zusammenleben der jungen Eheleute nach Kräften zu stören versuchte. Sie konnte und wollte nicht glauben, dass ihr Thomas mit einer »dahergelaufenen Bauerndirn« seine Kammer teilte, und vor allem fühlte sie sich nun als fünftes Rad am Wagen.

»Ja, mei«, sagte sie eines Tages zu mir, als ich sie im Dorf traf und sie fragte, wie es ihr denn mit der jungen Schwiegertochter erging. »Wie soll es schon gehen? Passen tut mir das freilich net, dass die sich einfach in mein Häusl setzt, das ich mir mit meinem Mann – Gott hab ihn selig – so mühsam erspart hab. Das Dirndl hat ja rein gar nichts mit in die Ehe gebracht. Net einmal eine anständige Unterwäsch hat sie gehabt, alles geflickt oder zerrissen. Über so eine Schwiegertochter bin ich freilich net begeistert.«

»Aber wichtig ist doch, dass sie fleißig und rechtschaffen ist, und das ist die Ursula doch«, bat ich sie zu bedenken.

Das konnte die Dillingerin nicht bestreiten, wollte es aber andererseits nicht eingestehen, und so schwieg sie verbissen. Kopfschüttelnd ging ich weiter, denn ich verstand die Frau nicht. Sie sollte doch froh sein, dass sie Hilfe hatte, und die Ursula war bestimmt in Ordnung, das wusste ich genau.

Dann erwartete die Ursula ihr erstes Kind, und ich wurde zu den Dillingers gerufen.

»Was hat mir der Thomas mit diesem Weibsbild nur angetan«, war das Erste, was die Schwiegermutter sagte, als sie mir die Tür öffnete. Trotzdem führte sie mich zu der jungen Frau, die sich nicht ganz wohl fühlte und sich deshalb Sorgen machte. Ich konnte die Ursula jedoch schnell beruhigen, denn es war nichts Ernsthaftes, und die Schwangerschaft würde weiterhin normal verlaufen. »Es wird alles gutgehen«, sagte ich zu ihr, »in drei Wochen sehen wir uns wieder, dann dürfte es so weit sein.«

»Mein Gott«, keifte die Dillingerin, als ich mich wieder zum Gehen anschickte, »da macht sie gleich so ein Theater, weil sie sich nicht wohl fühlt, die Madame! Ich hab mir gleich gedacht, dass die nur so tut, um sich wichtig zu machen.«

Ursula kämpfte mit den Tränen, als sie ihre Schwiegermutter so reden hörte, und warf ihrem Mann flehende Blicke zu, doch Thomas blieb stumm wie ein Fisch. An seinem zerknirschten, aber unschlüssigen Gesichtsausdruck konnte ich deutlich ablesen, dass er zwischen zwei Stühlen saß, denn er brachte es ganz offensichtlich nicht fertig, seine Mutter in ihre Schranken zu weisen und zu seiner Frau zu halten, was man von ihm hätte erwarten sollen.

Da ich in dieser Situation nicht helfen konnte, verabschiedete ich mich schnell und nickte der traurigen jungen Frau aufmunternd zu, während ich der Dillingerin und ihrem Sohn einen vorwurfsvollen Blick zuwarf – so ging man nicht um mit einer Frau, die kurz vor der Entbindung stand und von Schwangerschaftsbeschwerden geplagt wurde.

Es war ein warmer Sommerabend, die Abendsonne sandte ihre letzten Strahlen auf Wiesen und Fluren und auf das Vorgärtchen der Dillingers, als ich auf dem Weg zur Ursula war, der werdenden Mutter, die sehr wahrscheinlich ihre Wehen lautlos unter dem Gezeter der Schwiegermutter ertragen würde.

Die Augen der alten Frau blickten mir mürrisch und unwillig entgegen, als ich eintraf, so als hätte sie etwas dagegen, dass ich ihrer Schwiegertochter bei der Geburt ihres ersten Kindes Beistand leistete.

»Mir war es ja nie recht, dass die zwei gleich ein Kind haben mussten«, schimpfte sie, während die Ursula in den Wehen lag und heftige Schmerzen erdulden musste.

»Sei jetzt still, Dillingerin!«, schnitt ich ihr das Wort ab. »Die Ursula kann im Moment solche Vorwürfe überhaupt nicht gebrauchen. Die zwei sind verheiratet und haben sich ein Kind gewünscht, und jetzt zählt nur, dass wir es gesund zur Welt bringen und dass die Ursula alles gut übersteht.«

Ich sah, dass der jungen Frau die Tränen über die Wangen liefen, und das zeigte mir, wie sehr sie die Äußerungen ihrer Schwiegermutter verletzten, noch mehr aber das Verhalten ihres Mannes, der auch heute zu allem schwieg.

Die Dillingerin dagegen dachte gar nicht daran, ihr loses Mundwerk zu zügeln.

»So viel Geld ist auch wieder net da, dass wir jetzt noch jemand durchfüttern können«, schimpfte sie weiter. »Was so ein Kind kostet. Ich mag gar net daran denken.«

Ich sah zu Thomas hinüber, der ratlos und unschlüssig vor sich hinsah, jedoch weiterhin kein Wort über die Bosheiten seiner Mutter verlor.

»Hast du denn gar nichts dazu zu sagen?«, fragte ich ungehalten. »Schau dir einmal deine Frau an, wie sie leidet!«

»Ja, mei ...«, war seine nichts sagende Antwort, »ich will mich da net einmischen.«

»Das solltest du aber«, erwiderte ich scharf.

Es war die Hölle: eine in den Wehen liegende junge Frau, eine ständig zeternde Schwiegermutter, ein Ehemann, der sich nicht durchzusetzen verstand – das alles zerrte an meinen Nerven. Die Atmosphäre war unerträglich geworden, und ich fragte mich, wie unter diesen Bedingungen das Wochenbett aussehen sollte. Die arme Ursula würde keine Hilfe von dieser zänkischen Frau erwarten können.

Ich überlegte fieberhaft.

Noch war Zeit, die werdende Mutter in die Obhut des Krankenhauses zu bringen, wo sie in Ruhe ihr Kind zur Welt bringen konnte. Ich schlug dies auch dem jungen Ehepaar vor, und beide waren sofort damit einverstanden.

»Soll ich mitkommen?«, hörte ich Thomas mit einfältiger Stimme fragen.

»Es ist besser, du bleibst hier und sorgst dafür, dass deine Frau und dein Kind geordnete Verhältnisse vorfinden, wenn sie wieder nach Hause kommen«, erwiderte ich resolut und brachte dann die Ursula ins

Krankenhaus, wo sie endlich aufatmen konnte und nichts mehr mitbekam von dem Unfrieden daheim.

Die Geburt des kleinen Mädchens verlief ohne Schwierigkeiten, und die Mutter genoss die folgenden Tage des Wochenbettes. Leider ging diese geruhsame Zeit nur allzu schnell zu Ende, und die Heimfahrt stand bevor. Ich fuhr Mutter und Tochter nach Hause.

Vor der Haustür nahm Thomas seine Frau und die kleine Barbara in Empfang. Er hatte eine unerwartete Nachricht: Seine Mutter hatte am Morgen einen Schlaganfall erlitten und war ins Krankenhaus eingeliefert worden. Was in diesem Moment in Ursula vorging, war nicht zu erkennen, denn auf ihrem Gesicht zeichnete sich kaum eine Regung ab. Ruhig ging sie ins Haus, ganz in Gedanken versunken, die niemand ergründen konnte.

Sie hat später ihre Schwiegermutter nach deren Entlassung aus dem Krankenhaus noch einige Monate gepflegt, bis ein erneuter Schlaganfall dem Leben der Johanna Dillinger ein Ende setzte. Doch ich erfuhr, dass in diesem letzten halben Jahr Friede eingekehrt war bei den Dillingers. Die Großmutter hatte sich mit ihrer Schwiegertochter versöhnt und erkannt, welch wertvoller Mensch sie war, hatte sich noch an dem Enkelkind erfreut und starb schließlich friedlich im Kreis ihrer Familie.

Vier Kinder, drei Väter

Es war die Zeit nach dem Krieg. Viele deutsche Frauen gingen Beziehungen mit amerikanischen Besatzungssoldaten ein, denn eine solche Verbindung bedeutete für sie auch eine Flucht aus dem harten deutschen Nachkriegsalltag, der oftmals mit Hunger und Not einherging.

Sie nannte sich Mary, die junge Kriegerwitwe, die mit ihren beiden Kindern irgendwann nach Hersberg gezogen war.

Der Name Maria passte nicht so recht in die Zeit der amerikanischen Besatzung. Man hatte sich umgestellt, nicht nur, was die Namen anging.

Besagte Mary war eine hübsche Frau mit langem, gewelltem blonden Haar, die gern weite, glockige Röcke trug, die das Knie nur halb bedeckten. Sie fiel auf in dem kleinen Ort, und die Leute schauten ihr nach – einige neidisch, andere mit gerümpfter Nase.

Man beneidete sie, weil sie Dinge besaß, von denen andere nur träumen konnten: schöne Kleider, Schminke, Seidenstrümpfe, Schokolade und Bohnenkaffee, aber man betrachtete sie auch abfällig, weil sie ein Kind von ihrem Besatzungssoldaten erwartete, wie jeder wusste.

»Ob der sie heiratet?«, flüsterten sich die Leute zu, wenn sie an ihnen mit ihrem feschen Amerikaner vorüberschlenderte.

»Ach, woher«, raunten die meisten, »der haut wieder nach Amerika ab, und sie sitzt dann da mit ihrem Kind.«

Die Lästermäuler behielten Recht, denn Johnny verabschiedete sich in seine Heimat, noch bevor das Kind geboren wurde.

Die goldenen Zeiten für die junge Witwe waren nun vorbei. Sie musste sich wieder mit dem alltäglichen Mangel auseinandersetzen und schauen, wie sie die lebensnotwendigen Dinge beschaffte. Als ich wegen ihrer Schwangerschaft nach ihr sah, erklärte sie mir, dass es für sie besonders schlimm sei, dass sie nun keinen Bohnenkaffee mehr bekam, der zu ihrem Lebenselixier geworden sei.

Der Tag kam, an dem das vaterlose Kind geboren werden sollte.

»Ich hab einen hohen Preis für ein paar Monate Glück und ein Leben im Luxus bezahlt«, jammerte Mary.

Doch diese Einsicht kam zu spät. Ein unerwünschtes Kind drängte ans Licht der Welt, die in jenen Jahren noch keine guten Aussichten für die Zukunft zu bieten schien, denn es gab zu wenig Wohnraum, nicht genug Kohlen, nicht genug zu essen, auch nicht für die Kinder. Das kleine Mädchen aber scherte das zunächst nicht – es war gesund und würde sich bald durch ein unbändiges Temperament auszeichnen. Laut standesamtlicher Meldung erhielt sie den Namen Juliane, doch die Mutter zog es vor, sie Judy zu rufen – zur Erinnerung an den amerikanischen Vater und zur Betonung ihrer Abstammung.

Jahre vergingen, und aus Mary war wieder Maria geworden. Ihr Leben entwickelte sich nicht so, wie die junge, lebenslustige Frau sich das vorgestellt hatte. Noch immer saß sie allein da mit ihren drei Kindern, von denen das Jüngste zudem übermäßig anstrengend war, und noch immer hoffte sie auf ein neues Glück. Das konnte doch nicht alles im Leben gewesen sein, dachte sie oft verbittert. Auf keinen Fall wollte sie allein bleiben mit ihren Kindern.

Doch die Suche nach einem neuen Partner erwies sich als äußerst schwierig, denn wer wollte sich in dieser Zeit, als es langsam aufwärts ging, schon drei Kinder ans Bein hängen, die nicht die eigenen waren? Jetzt wollten die meisten leben und Versäumtes nachholen. Und so waren es nur kurzlebige Beziehungen, aus denen nie etwas Ernsthaftes wurde.

Doch eines Tages zog ein neuer Mann zu Maria und ihren drei Kindern, der bereit zu sein schien, die Belastungen durch diese turbulente Familie auf sich zu nehmen. Als sich allerdings ungeplant und unerwünscht ein viertes Kind anmeldete, überlegte es sich der junge Mann anders und wollte zumindest nicht mehr heiraten. So kam auch dieses Kind unehelich zur Welt.

Es war eine stockfinstere, stürmische Herbstnacht, als ich zu Maria gerufen wurde. Die Kinder schliefen bereits – zum Glück, denn bei einer Geburt kann man Unruhe in der Wohnung nicht gebrauchen. Nur Hans, der Vater des neuen Kindes, war anwesend und bot mir seine Hilfe an. Er war ein praktisch veranlagter, mit beiden Beinen auf der Erde stehender junger Mann.

Als der Wind immer heftiger an den Fensterbalken rüttelte, wurden die Kinder unruhig und erwachten schließlich. Eins nach dem anderen kam mit bloßen Füßchen ins Schlafzimmer getappt. Die kleine Judy rieb sich zuerst verschlafen die dunklen Äuglein, wurde aber schnell hellwach und stellte sich auf die Zehenspitzen, um den Neuankömmling in seinem Bettchen besser sehen zu können. Sie bestaunte das krebsrote Etwas, das plötzlich da war und nun zu ihnen gehören sollte.

Die beiden Buben Martin und Volker erkannten die veränderte Lage und deren Bedeutung schon besser. Sie blieben am Türrahmen stehen, weigerten sich, das neue Schwesterchen zu begrüßen oder gar anzuschauen. Sie weinten und ignorierten selbst die ausgestreckten Arme ihrer Mutter, die sie zu sich an ihr Bett holen wollte.

»Wir mögen das Kind net«, jammerten sie, »es gehört net zu uns und die Judy auch net. Die soll auch wieder verschwinden.«

Ich wollte die Kinder beruhigen und meinte, sie sollten morgen bei Tag das neugeborene Geschwisterchen anschauen, das doch genau wie sie ein Zuhause brauchte.

Der ältere der Buben betrachtete mich fast feindselig, als er antwortete: »Nein, wir mögen des Kind net.« Daraufhin verschwand er, und sein jüngerer Bruder trottete hinter ihm her.

Es herrschte eine bedrückende Stille im Raum. Niemand sprach ein Wort, sogar die kleine Judy, die sonst immer munter drauflos plapperte, blieb stumm. Die junge Mutter weinte, und der frischgebackene Vater schaute besorgt auf das kleine Mädchen, das von den Problemen der Familie, in die es soeben hineingeboren worden war, nichts ahnte.

»Wie soll das nur weitergehen«, murmelte der Hans nach einer Weile. »Die Buben lehnen ja nicht nur unser

Kleines ab, sondern auch die Judy. Das kann ja was werden!«

Ich empfahl den beiden, ihr Verhältnis zu legalisieren, damit die Kinder in einer rechtmäßigen Familie aufwachsen konnten und die beiden Jungen auch offiziell wieder einen Vater bekamen. »Ich bin mir ganz sicher«, erklärte ich Maria und Hans, »dass es mit etwas Geduld und vor allem guten Willen in eurer Familie eines Tages noch ganz harmonisch zugehen kann.«

In den Tagen der Wochenpflege fiel mir auf, dass die Buben die kleine Susi nicht nur akzeptiert, sondern sogar lieb gewonnen hatten, denn sie hielten nun die Judy zurück, wenn die mit ihrem lauten, überschäumenden Temperament in die Nähe der Wiege kam.

»Bei Susi hast du gar nix zu suchen«, wies der Martin seine Schwester zurecht. »Ja«, stimmte ihm Volker zu, der alles nachsagte und nachmachte, was sein größerer Bruder tat. »Bei der hast du gar nix zu suchen, das ist unsere Schwester.«

»Das ist auch meine Schwester«, rief das kleine Mädchen temperamentvoll aus und versuchte, die beiden Buben von der Wiege wegzuschubsen, so dass bald die schönste Rangelei im Gang war.

Am zehnten Tag, als ich die Familie zum letzten Mal besuchte, um Mutter und Kind zu betreuen, lief mir beim Abschied die kleine Judy nach. Ihre dunklen Kulleraugen funkelten, als sie mir zuflüsterte: »Ich hab dir was ganz Wichtiges zu sagen, aber du darfst es niemandem weitersagen. Versprichst du mir das?« Dabei legte sie ihren kleinen Zeigefinger auf ihren Mund. »Wir heiraten«, flüsterte sie mir zu, »und zwar schon bald!«

Ich hob die Kleine zu mir herauf und nahm sie in den Arm. »Das ist aber eine gute Neuigkeit«, erwiderte ich ebenso leise und mit einem Schmunzeln.

»Aber niemandem weitersagen«, betonte sie noch einmal.

»Ich verspreche es dir hoch und heilig, großes Ehrenwort«, sagte ich zu ihr.

Als ich durch den langen, dunklen Flur ging und das Mietshaus verließ, war mir, als sähe ich einen Silberstreifen am Morgenhimmel, obwohl es draußen regnete und der Himmel grau und düster war.

Das Wochengeld

Am Waldrand, zwischen Holunder- und Haselnussstauden, stand der kleine Besitz von Josepha und Ignaz Kronberger. Eine Kuh, zwei Ziegen und ein Dutzend Hühner gehörten außer Hund und Katze zum Tierbestand. Aus der Scheune roch es nach Heu, und in dem kleinen Bauerngarten gediehen neben Lupinen, Mohn und Rittersporn auch Gemüse und Kräuter.

Der Ignaz half im Sommer auf dem Hallwegerhof als Erntehelfer. Das war ein großes, stattliches Anwesen ganz in der Nähe. Die Bäuerin war eine gutherzige Frau und brachte der Josepha immer Schweinefleisch herüber, wenn auf dem Hof geschlachtet wurde, denn sie wusste, dass beim Kronberger oft Schmalhans Küchenmeister war. Ihre kleine Landwirtschaft gab nicht viel her und hätte allein nicht ausgereicht, die Familie über die Runden zu bringen. Also war der Ignaz darauf angewiesen, nebenbei etwas zu verdienen, im Sommer bei den großen Bauern und im Winter bei der Gemeinde, für die er den Schneepflug fuhr oder die Straßen freiräumte, damit sie passierbar waren.

Zwar mussten die Kronbergers nicht hungern, aber doch jeden Pfennig zweimal umdrehen, denn es galt, vier Kinder zu versorgen. Und jetzt sollte noch ein fünftes hinzukommen, worüber die Josepha nicht gerade begeistert war.

»Zum einen macht mir die Schwangerschaft dieses Mal größere Beschwerden«, jammerte sie. »Ich bin halt net mehr die Jüngste, und das merkt man. Und dann wird's auch allmählich eng bei uns. Die Kinder müssen schon in einer Kammer schlafen, weil wir nicht genug Zimmer haben.«

Wir saßen in der bescheidenen Küche. Es ging auf den Abend zu, und der Wind trug leises Glockenläuten vom Dorf her durch das geöffnete Fenster.

»Geschwitzt hab ich heut beim Heumachen«, klagte sie, »ich hoff, dass es bald etwas kühler wird. Der Ignaz kann mir daheim net helfen, der ist von früh bis spät beim Hallweger drüben. So steh ich allein da mit der ganzen Arbeit, und das bei der Hitz! Aber was hilft's! Wenn wir das Geld net hätten, das der Ignaz beim Hallweger verdient, würd es schlecht aussehen.« Eine steile Falte bildete sich nun auf ihrer hohen, sonnenverbrannten Stirn.

»Ja, mit einem fünften Kind haben wir nimmer gerechnet«, fuhr sie fort, »nachdem ein paar Jahr lang Ruh gewesen ist. Vier wären genug gewesen, aber in Herrgotts Namen, so muss es halt sein. Wir werden auch das noch satt kriegen.«

In Anbetracht ihres angeschlagenen Gesundheitszustandes riet ich der Josepha, dieses Mal lieber ins Krankenhaus zu gehen, um ihr fünftes Kind zu gebären. Sie neigte nämlich zu vermehrter Blutung in der Nachgeburtsphase, der man im Krankenhaus besser entgegenwirken konnte. Zu meiner Erleichterung erklärte sich die Josepha nach einigem Zögern mit meinem Vorschlag einverstanden.

Mit einer gewissen Unruhe und Besorgnis war ich zu dem Haus am Waldrand gegangen, aber als ich nun im Zwielicht der Dämmerung zurückging, fühlte ich mich wohler. Ich war jetzt zuversichtlich, dass die

Kronbergerin auch dieses Kind gesund auf die Welt bringen und selbst die Geburt gut überstehen würde.

Vier Wochen später, an einem späten Nachmittag, rief mich der Ignaz an. Ich hörte gleich an seiner Stimme, dass er ziemlich aufgeregt, zumindest besorgt war.

»Es wär mir recht, wennst heut noch nach der Meinigen schauen könntest. Sie weiß net so recht, aber sie hat so ein Gefühl, dass es bald so weit ist.«

Ich versprach ihm, mich gleich auf den Weg zu machen, und hörte durchs Telefon, wie der Ignaz erleichtert aufatmete. Ich stieg in meinen Lloyd und machte mich auf den Weg.

Die Hitze war mittlerweile nicht mehr so drückend wie noch vor ein paar Wochen, aber es war immer noch sonnig und warm. Ein Sommer wie im Bilderbuch, der Traum aller Urlauber und der Kinder, die Schulferien hatten. Ich wusste jedoch, dass sich die älteren Kronbergerkinder nicht im Schwimmbad tummeln konnten, so wie viele ihrer Schulfreunde, sondern daheim mithelfen mussten, gerade jetzt, wo die Mutter kurz vor der Niederkunft stand.

Um das kleine Gehöft herum herrschte eine ungewohnte, lastende Stille. Als ich die Küche betrat, sah ich die vier Kinder mucksmäuschenstill, ein wenig furchtsam und verschüchtert am Tisch sitzen und ihre Suppe löffeln, die ihnen der Vater hergerichtet hatte. Sie warfen mir teils ängstliche, teils neugierige Blicke zu und harrten der Dinge, die nun kommen sollten.

Der Josepha ging es nicht gut, das sah ich ganz deutlich, und ihr Gesicht verzerrte sich bei den ersten stärkeren Wehen. Trotzdem erhob sie sich vom Sofa und ging mit langsamen Schritten zum Weihwasserkessel hin. Sie bekreuzigte sich mit dem geweihten Wasser, um so den Schutz für sich und das kommende Kind vom Herrgott zu erbitten.

Die Kronbergers waren gläubige Menschen, die jeden Sonntag in die Kirche gingen und ganz fest an die Kraft des Weihwassers glaubten, das ihnen nicht nur bei dieser Geburt helfen sollte, sondern auch dann, wenn die Kuh kalbte oder wenn ein Unwetter das kleine Haus am Waldrand umtoste.

»Bis jetzt hat uns das geweihte Wasser noch immer beschützt und uns geholfen«, meinte die Josepha ernst und sprach dann noch ein leises »Vater unser« und »Gegrüßet seist du Maria« – dann legte sie sich wieder hin.

Ich beobachtete, dass die Wehen nun verstärkt einsetzten und die Frau sehr mitnahmen.

»Es wird höchste Zeit, dass ich dich ins Krankenhaus bringe«, sagte ich zu ihr. »Hast du schon alles hergerichtet?«

Die Josepha schüttelte den Kopf. »Nein, ich hab's mir anders überlegt. Ich will das Kind doch lieber hier daheim auf die Welt bringen«, sagte sie. »Ich will es im Beisein meines Mannes und der Kinder gebären. Im Krankenhaus fühl ich mich net wohl.«

»Aber, Josepha«, rief ich aus, »wir haben doch vereinbart, dass wir dieses Mal ins Krankenhaus gehen. Ich habe dir auch die Gründe erklärt. Es ist wirklich notwendig, wenn du nicht dein Leben und das deines Kindes aufs Spiel setzen willst.«

»In Gottes Namen«, wandte sich nun der Ignaz an seine Frau, »dann tu, was die Hebamme sagt. Sie wird's schon wissen.«

So willigte die Josepha schließlich ein.

Die Sachen, die sie für ihren Krankenhausaufenthalt brauchte, waren mit Hilfe von Rosa, der ältesten Tochter, schnell zusammengepackt, und ich brachte die Kronbergerin in meinem Wagen ins Kreiskrankenhaus.

Es war Josepha anzusehen, dass sie sich in den sterilen, nüchternen Räumen des Krankenhauses nicht wohl fühlte.

»Ich hätt viel lieber mein Kind daheim auf die Welt gebracht«, sagte sie kläglich, »ich hab auf einmal so viel Angst.«

»Du bist hier viel besser aufgehoben als daheim, glaub mir, Josepha«, beruhigte ich sie und tupfte ihr den Schweiß von der Stirn.

Bereits nach zwei Stunden war alles überstanden, und ein gesundes Mädchen hatte das Licht der Welt erblickt. Es war inzwischen Nacht geworden, und das Mondlicht schien milchigweiß durchs Krankenhausfenster.

»Schau, Josepha«, sagte ich, nachdem ich ihr das neugeborene Kind in die Arme gelegt hatte, »da ist der gleiche Mond, der jetzt auch auf das Dach eures Häuschens fällt. Daheim ist alles in Ordnung, und du ruhst dich hier ein paar Tage aus. Das wird dir guttun.«

Die Josopha nickte zufrieden und glücklich über den unerwartet guten Verlauf der Geburt. Lange betrachtete sie ihr Kind und murmelte dann: »Und dich haben wir net gewollt. Was für eine Sünd! Um keinen Preis auf der Welt würden wir dich wieder hergeben.«

So sehr die Josepha ihren Krankenhausaufenthalt genoss, weil sie sich noch schwach und müde fühlte, so drängte es sie doch, bald wieder heimgehen zu können. Die Sorge um Mann und Kinder ließ ihr keine Ruhe, aber noch etwas anderes bedrückte die Kronbergerin. Sie rückte erst nach einer Weile damit heraus, als ich ihr zuredete, mir zu sagen, was ihr so brennend auf dem Herzen lag.

»Da gibt's doch Wochengeld, das brauch ich halt unbedingt«, sagte sie etwas verschämt. »Wie krieg ich das aber, wenn ich im Krankenhaus bin?«

Ich versprach ihr, mich darum zu kümmern. Das Problem wurde dann dadurch gelöst, dass ich eine Vollmacht erhielt und an Stelle der Josepha die anfallende Summe ausbezahlt bekam. Hoch erfreut über diese glückliche Lösung dankte mir die Josepha mit strahlenden Augen.

Als sie aus dem Krankenhaus entlassen wurde, sah ich sie am Nachmittag des gleichen Tages zufällig in der Stadt, als sie aus einem Schuhgeschäft herauskam. Über ihren Schultern hingen zusammengebunden schwarze Gummistiefel verschiedenster Größen. Sie strebte dem Goggomobil zu, das die Familie seit einem Jahr ihr Eigen nannte und in dem ihr Mann mit dem Neugeborenen auf dem Rücksitz wartete.

Das Wochengeld, das ich der Josepha am Vormittag ausgehändigt hatte, wurde am Nachmittag zweckentfremdet in Gummistiefeln umgesetzt. Ich sprach sie darauf an, aber die Kronbergerin meinte nur mit einem lachenden Gesicht: »Da haben jetzt alle was davon, oder hätt ich mir vielleicht eine Perlenkette fürs Wochengeld kaufen sollen?«

»Nein«, stimmte ich ihr zu, »das kann ich mir nicht vorstellen, dass du daran eine Freude gehabt hättest.«

»Aber die Gummistiefel, die können wir alle brauchen. Ich dank dir noch mal recht schön, dass du dich drum gekümmert hast, dass ich das Wochengeld bekommen hab. Damit hab ich jetzt mir und meiner Familie eine große Freud machen können.«

Ich sah ihr nach, wie sie zu dem Goggo ging und die Stiefel im Kofferraum verstaute. Es machte mich jedes Mal glücklich, wenn armen Familien geholfen werden konnte.

Mit der kleinen Elisabeth hatte die Familie später viel Freude, denn sie war sehr begabt, und ihre Volksschullehrerin riet dem Ignaz und der Josepha, das gescheite Mädel doch auf eine höhere Schule zu schicken. Vor allen Dingen war sie überaus musikalisch. Sie machte die mittlere Reife, besuchte anschließend ein Konservatorium und erwarb sich einen Namen als Gitarristin. Ihre einfache Herkunft hat die Elisabeth jedoch trotz ihrer Erfolge niemals verleugnet.

Eine anstrengende Patientin

Es versprach ein herrlicher Sommertag zu werden, als ich nach zwei schweren Geburten, die meine Kräfte sehr in Mitleidenschaft gezogen hatten, aus dem Krankenhaus kam, um nach Hause zu fahren.

Golden leuchtete der Weizen und silbern der Roggen, als ich auf der Landstraße meinem Heim zu fuhr, wo im Garten ein Liegestuhl unter einem Apfelbaum auf mich wartete. Ich freute mich auf einen freien Tag wie schon lange nicht mehr.

Es war noch früh am Morgen. Ich legte mich in meinen Liegestuhl, um nach dieser langen, anstrengenden Nacht ein paar Stunden Schlaf zu finden. Die Luft roch nach frisch gemähtem Gras, und die aufgehende Sonne sandte ihre Strahlen durch das Geäst der Bäume und Büsche. Es war herrlich, einmal so richtig zu entspannen, an nichts zu denken, nur die Ruhe und den Frieden dieser Morgenstunde zu genießen. Ich sah noch eine Lerche in den Sonnendunst emporsteigen, dann schloss ich die Augen und schlief sofort ein.

In meinem Beruf gab es keine festgelegten Termine und keinen Stundenplan, denn die Kinder pflegten nicht nach Zeit und Stunde zu fragen, sondern kamen, wann sie wollten.

Mein Schlaf konnte noch nicht allzu fest gewesen sein, denn durch das geöffnete Wohnzimmerfenster hörte ich das Telefon klingeln und schreckte sofort auf. Meine Ruhepause schien schon wieder zu Ende zu sein, kaum dass sie begonnen hatte. Aber was mich erwartete, davon hatte ich zu diesem Zeitpunkt keine Ahnung.

Ich wurde in ein vornehmes Haus gebeten, das von einem perfekt gepflegten englischen Rasen umgeben war.

Frau Hollmann, eine Kunstmalerin, öffnete mir. Sie trug ein elegantes Umstandskleid und ging auf Stöckelschuhen. Sie schien ebenso stolz wie schön zu sein. Ich hatte zwar bereits von ihr gehört, war ihr aber noch nie persönlich begegnet. Ein wenig wunderte ich mich schon, dass diese Frau mich hatte rufen lassen.

Sie war klein und kapriziös. Als sie mir die Hand reichte, sah ich an ihrem schmalen Handgelenk ein wertvolles Armband glitzern. In ihrem Haus waren die Räume mit kostbaren, geschmacklich aufeinander abgestimmten Möbeln ausgestattet, und Frau Hollmann forderte mich auf, im Wohnzimmer Platz zu nehmen.

Sie setzte sich mir gegenüber und musterte mich von oben bis unten, so dass mir die Angelegenheit allmählich unangenehm wurde.

Ich wartete darauf, dass sie mir von ihren Beschwerden erzählte oder sonstige Fragen stellte. Doch nichts von alledem geschah, nur dieses schweigende Mustern von Kopf bis Fuß. Ich spürte, dass sie mich taxierte, ob ich ihren Ansprüchen bezüglich der Geburt ihres Kindes auch genügen würde. Ich fühlte mich wie eine Ware, die daraufhin begutachtet wurde, ob sie gut oder untauglich war.

Nachdem ich mich einigermaßen gefangen hatte, hielt ich es plötzlich nicht mehr aus und sagte ihr unverblümt ins Gesicht: »Wenn Sie mich für geeignet befunden haben, dann sagen Sie es mir bitte und nennen mir dann Ihre Beschwerden.«

Frau Hollmann zuckte zusammen und warf mir einen irritierten Blick zu. »Ich bin Künstlerin, müssen Sie wissen, und es ist bei mir eine Art von Zwang, Menschen, denen ich mein Vertrauen schenken will, zuerst genau in Augenschein zu nehmen«, rechtfertigte sie ihr ungewöhnliches Verhalten. »Ich hoffe, Sie haben Verständnis dafür.«

Nein, das hatte ich eigentlich nicht, aber ich äußerte mich nicht dazu, sondern wartete darauf, dass sie endlich zur Sache kam. Nach und nach erzählte sie mir dann von ihren Beschwerden, die eigentlich keine waren. Sie klagte über leichte Kopfschmerzen, gelegentliches Ziehen im Kreuz, ansonsten werde sie bei Professor Burger in München bestens betreut, wünschte aber auch eine Ansprechperson hier vor Ort.

Sie stand auf und ging auf ihren hohen Stöckelschuhen unruhig in dem großen Wohnzimmer auf und ab. »Es ist mein erstes Kind, müssen Sie wissen. Ich bin also völlig unerfahren und wollte Sie bitten, ob Sie mir vor und nach der Geburt Beistand leisten.«

Ich schwieg dazu und ließ sie weiterreden.

»Mein Kind werde ich in der Privatklinik von Professor Burger zur Welt bringen. Ich bin dort auch schon angemeldet.«

Um mir das zu sagen, rief mich diese Dame, der kaum etwas fehlte, zu sich in ihr Haus und riss mich nach einer langen, schlaflosen Nacht aus meiner wohlverdienten Ruhe! Ich ärgerte mich maßlos, dass ich auf ihren Anruf hin gleich losgefahren war. Aber wie hätte ich denn wissen können, was mich erwartete? Ich versprach ihr also, sie zu betreuen und ihr zu helfen, wenn es notwendig war. Dann stand ich auf und verabschiedete mich. »Wenn Sie irgendwelche Beschwerden haben, dann rufen Sie mich an. Aber es sollten wirklich gravierende sein, nicht bloß ein bisschen Kopfweh und leichte Rückenschmerzen, das ist nämlich völlig normal«, erklärte ich ihr unmissverständlich und sagte ihr noch, dass ich gerade zwei schwere Geburten hinter mir hätte und mit meinen Kräften ziemlich am Ende sei.

Daraufhin entschuldigte sie sich und geleitete mich, nun wesentlich zugänglicher und freundlicher, zur Tür, ging dann sogar noch durch den Park mit mir bis zu meinem Auto, das vor dem schmiedeeisernen Eingangstor parkte.

Ich hätte die Bitte um Betreuung lieber ablehnen sollen, denn nun kamen ruhelose Monate auf mich zu, sowohl bei Tag als auch bei Nacht. Dabei war die Frau nicht direkt hysterisch, wie ich schnell feststellte, sondern wurde von unbestimmten Ängsten geplagt. Ständig redete sie sich irgendwelche Komplikationen ein, die überhaupt nicht realistisch waren. Die äußerlich so selbstbewusst wirkende Frau war, was ihre Schwangerschaft anging, zutiefst unsicher. Ich merkte das an ihrem nervösen Blick, wenn ich mit ihr sprach, an ihren Händen, wenn sie ihre langen Finger ineinander verschränkte und wieder löste.

Bald erkannte ich, dass ihre demonstrative Selbstsicherheit nur eine Maske war, hinter der sich ein eher verunsicherter, ängstlicher Charakter verbarg. Manchmal tat sie mir trotz der Scherereien, die sie mir bereitete, richtig leid, vor allem, weil sie nur an mögliche Probleme und Komplikationen dachte und unfähig war, sich auf ihr Kind zu freuen.

Die Unruhe, die diese Frau gefangen hielt, äußerte sich in Schweißausbrüchen, feuchten, zitternden Händen und panisch geweiteten Augen, die ihre seelische Not erkennen ließen.

So ging ich oft zu ihr hin, obwohl ich eigentlich dachte, dass es reine Zeitverschwendung war. Trotzdem brachte ich es nicht fertig, sie mit ihren Problemen allein zu lassen, denn von dem angeblich großen Freundeskreis war nicht viel zu sehen. Ihr Ehemann verbrachte zwar so viel Zeit wie möglich mit seiner Frau, aber er war beruflich häufig unterwegs.

Wenn ich sie besuchte, saß ich mit ihr in dem luxuriösen Wohnzimmer, in dem ich mich überhaupt nicht wohl fühlte, und hörte ihr zu, wenn sie über ihren Beruf als Kunstmalerin sprach oder über ihre Reisen. Zum Schluss kamen wir dann auf die Geburt zu sprechen, und Frau Hollmann erzählte immer wieder von den gleichen Bedenken und Ängsten. Dann tröstete ich sie jedes Mal, versuchte ihr Zuversicht und Selbstvertrauen zu geben, bestätigte ihr immer wieder, dass nichts auf irgendwelche Schwierigkeiten hindeutete, was ihr der Professor in München ja auch schon versichert hatte. Mehr konnte ich nicht tun.

Wenn ich nach so einem anstrengenden Besuch nach Hause fuhr, sagte ich mir oft, dass meine aufmunternden Worte wohl wieder nicht viel gebracht hatten, denn diese eigenwillige Person blieb innerlich zerrissen und wurde nach wie vor von Zweifeln geplagt.

Eines Nachts kam wieder ein Anruf. Diesmal von ihrem Mann, der mich bat, so schnell wie möglich zu kommen, und mich bereits an der Haustür der Villa erwartete.

Im Haus herrschte Aufbruchstimmung. Taschen und Koffer standen verstreut in Diele und Wohnzimmer herum. Ich fragte mich, was Frau Hollmann im Krankenhaus mit diesen vielen Koffern wollte, und ich fragte mich weiter, was ich hier eigentlich zu suchen hatte, warum man mich überhaupt rief, wenn sie doch gleich zu ihrem Professor nach München fahren würde.

»Bitte bestätigen Sie mir, dass es Zeit ist, ins Krankenhaus zu fahren«, sagte sie schluchzend. Sie war völlig aufgelöst und befand sich in einem Zustand äußerster Erregung.

»Ja, ich glaube, dass es so weit ist«, erwiderte ich und war insgeheim froh, dass diese Tortur für mich endlich ein Ende hatte. Zumindest so lange, bis sie wieder zu Hause war, denn sie wollte ja, dass ich sie und das Kind weiterhin betreute.

Ich wollte schon heimfahren, als mich Frau Hollmann am Ärmel packte. »Bleiben Sie bitte in meiner Nähe, und beschützen Sie mich«, sagte sie weinend zu mir. »Lassen Sie mich nicht allein, ich bitte Sie!«

Nein, dachte ich mir, das geht zu weit. Ich sehe es nicht ein, dass diese Frau einfach über mich verfügt. Sie war in einer Privatklinik bei einem Professor angemeldet und folglich in besten Händen, und ihr Mann würde sie dorthin begleiten. So schüttelte ich ihre Hand ab und gab vor, dringend zu einer Hausgeburt zu müssen.

Enttäuscht von meiner Absage, verließ sie schluchzend ihr Haus und stieg in das wartende Auto, das sie nach München bringen sollte, wo sie in der Klinik des namhaften Professors einige Stunden später einen Sohn gebar.

Natürlich besuchte ich sie anschließend noch einige Male zu Hause und gab ihr gute Ratschläge, die sie auch befolgte. Aber eines Tages konnte ich ihre ständigen Befürchtungen und Bedenken bezüglich ihrer und des Kindes Gesundheit nicht mehr ertragen, zumal alles wirklich in bester Ordnung war und sie sich sämtliche Probleme nur einbildete.

»Ich glaube, Sie werden jetzt alleine fertig, Frau Hollmann, und brauchen mich nicht mehr«, sagte ich also eines Tages und verabschiedete mich in der Hoffnung, dieses Haus nie mehr betreten zu müssen.

Als ich heimfuhr, atmete ich auf und dachte dabei an meine lieben Landfrauen, die oft im hintersten Winkel, da wo die Welt zu Ende zu sein scheint, ihr Kind auf die Welt gebracht haben. Manchmal kamen die Frauen direkt aus dem Stall oder vom Feld, wo sie von den Wehen überrascht worden waren. Es war gerade noch Zeit, dass sie sich waschen konnten und das Notwendigste für die Geburt vorbereitet wurde. Ohne zu klagen, bekamen diese Bäuerinnen oder Häuslerinnen oft ein Kind nach dem anderen, und die Kinder wuchsen heran in dieser begrenzten Welt, die nur harte Bauernarbeit kannte und von Zeit zu Zeit ein Fest, das diese einfachen Leute von Herzen genossen. Da war keine Zeit für Fragen und Bedenken, für Eigenwilligkeiten und Sonderwünsche. Kaum war das Kind auf der Welt, ging es auf dem Hof weiter wie vorher, bis sich wieder eine neue Schwangerschaft ankündigte.

Von Frau Hollmann hörte ich einige Jahre nichts mehr. Robert, ihr Sohn, der zum Glück nichts von der Ängstlichkeit seiner Mutter geerbt hatte, sondern zu einem aufgeweckten Bürschchen heranwuchs, wurde von den Verwandten und Bekannten der Hollmanns nur das »Münchner Kindl« genannt, wie man erzählte.

Irgendwann aber wurde ich wieder in die elegante Villa gerufen, denn erstaunlicherweise war die schwierige Patientin ein zweites Mal schwanger. Als ich das Haus betrat, begrüßte mich der kleine Robert freudestrahlend. »Gell, du bist die Hebamme und sollst meinem Brüderchen auf die Welt helfen!«

»Und du bist der kleine Robert, den ich zuletzt gesehen habe, als er zwei Monate alt war«, erwiderte ich lachend. »Aber warum willst du denn ein Brüderchen?«, fügte ich hinzu. »Ein Schwesterchen wäre doch auch schön.«

»Nein, die Mädel sind langweilig, mit denen kann man nichts anfangen«, behauptete er und stürmte mir voraus durch die große Eingangshalle, um seiner Mutter Bescheid zu sagen, dass nun die Hebamme da sei.

Nein, der kleine Bengel hatte wirklich nichts von seiner Mutter, fuhr es mir durch den Kopf, als ich zu Frau Hollmann ins Schlafzimmer trat, die mir sogleich erklärte, dass sie dieses Mal nicht nach München wolle, sondern in dem kleinen Kreiskrankenhaus unserer Stadt entbinden möchte.

»In München habe ich mich nicht wohl gefühlt«, sagte sie ängstlich und unsicher wie immer. »Alles war so fremd, so unpersönlich. Ich hatte eine mütterliche Betreuung erwartet von den Hebammen, aber die konnten mir meine Ängste nicht nehmen, und der Professor schüchterte mich regelrecht ein. Ach, ich habe mich in dieser hochmodernen Klinik letztlich nur wie eine Nummer gefühlt. Aber Sie, Frau Linner, Sie kennen mich doch – ich bin eine ängstliche Natur und brauche Zuwendung und Trost. Das konnte ich in der Münchner Klinik nicht finden.«

Ich sagte nicht viel dazu, dachte mir nur meinen Teil. Wenig später wurde Frau Hollmann in das Krankenhaus gebracht, in dem ich tätig war. Es wurde eine problemlose Geburt, die keinen medizinischen Eingriff erforderte. So kompliziert ihre Seele war, so gesund und robust schien im Gegensatz dazu ihr Körper zu sein.

Sie brachte ein kräftiges Mädchen zur Welt. Der kleine Robert war darüber sehr enttäuscht – er schmollte und wollte sein Schwesterchen nicht anschauen. Ich wünschte dem kleinen Mädchen in diesem Moment nur, dass es wie sein Bruder nicht der Mutter nachschlagen würde.

Als ich Jahre später Frau Hollmann mit ihren beiden lebhaften Kindern begegnete, wunderte ich mich, denn es schien mir, dass der aufgeweckte Robert und die charmante, hübsche Cornelia ihre Mutter völlig verändert hatten. Vermutlich ließen sie ihr keine Zeit mehr, über unbegründete Ängste nachzudenken. Jedenfalls hatte sich meine anstrengende Patientin in eine gelöste und natürliche Frau verwandelt.

Die verlorene Tochter

Es war jedes Mal eine Freude, den schönen Bauernhof vom Höhenberger zu sehen, der wie eine kleine Burg auf einem Hügel thronte und umgeben war von grünen Wiesen und Maisfeldern. Ein kleiner Bach schlängelte sich durch die Moränenlandschaft, an dessen Ufer im Frühling dottergelbe Butterblumen wuchsen.

Oft sah ich dann die Viktoria auf dem Feld arbeiten; ihr braunes Gesicht unter dem weißen Kopftuch gerötet, wenn sie mit weit ausholenden, energischen Bewegungen das Heu auf den Wagen lud.

Sie war eine gesunde, kräftige Frau, die schon sechs Buben das Leben geschenkt hatte. Doch die harte Landarbeit, die keinen freien Tag ließ, zehrte irgendwann selbst an der robustesten Bäuerin, wie ich auch an der Höhenbergerin erkennen musste.

Sie erwartete inzwischen ihr siebtes Kind, und diese Schwangerschaft machte ihr mehr zu schaffen als die vorherigen. Als ich zu ihr gerufen wurde, sah ich, dass ihr Gesicht schmal und hager geworden und ihre frühere jugendliche Frische verschwunden war.

»Wie geht es dir denn, Viktoria?«, fragte ich sie besorgt, als ich sah, wie sie sich am Küchentisch festklammerte, so als könnte sie sich nicht mehr auf den Beinen halten.

»Es wird mir halt langsam alles zu viel«, sagte sie mit schleppender Stimme. »Es geht net mehr so wie früher.« Sie ließ sich auf einen Stuhl sinken. »Es ist nur gut, dass ich die Babette hab, die sich um die jüngeren Kinder kümmert.«

Ich warf ihr einen besorgten Blick zu und ließ sie weiterreden.

»Manchmal weiß ich net, wie das noch werden soll«, klagte sie, »meinst, dass ich krank bin, weil ich nimmer so wie früher arbeiten kann?« Sie schien ihren kleinen Schwächeanfall überstanden zu haben und sich etwas besser zu fühlen.

»Das kann ich mir nicht denken«, sagte ich, »aber ich bin kein Arzt. Musst halt einmal zum Doktor gehen.« Ich setzte mich ihr gegenüber und betrachtete sie lange. »Es ist einfach so, dass einem die Sachen irgendwann nicht mehr so leicht von der Hand gehen, und du gehst jetzt auch schon auf die vierzig zu – da bist du einfach nimmer so belastbar, wie du's als junges Mädel gewesen bist. Aber das geht nicht nur dir so.«

»Ja, das wird's sein«, seufzte die Viktoria und erhob sich, um die Küche aufzuräumen, in der es recht chaotisch aussah. »Musst entschuldigen, dass es so zugeht, aber ich bin noch net zum Aufräumen gekommen.«

»Du weißt doch, dass mir das nichts ausmacht«, erwiderte ich. Ich spürte, dass sie nicht viel Zeit hatte. Deshalb beschränkte ich mich auf das Wesentliche, um sie dann wieder ihrer vielen Arbeit zu überlassen. Den voraussichtlichen Geburtstermin konnte mir die Viktoria, wie immer, jedoch sehr genau sagen.

So verabschiedete ich mich bald von ihr, um in drei Wochen wiederzukommen, denn dann würde es so weit sein.

»Die Babette wird dir helfen«, sagte sie zu mir, als sie mich hinausbegleitete. »Sie ist eine gute Seele, und auf sie ist Verlass. Mein Gott, was tät ich, wenn ich sie net hätte. Aber sie ist langsam schon alt, geht auf die achtzig zu. Wer weiß, wie lang sie noch da ist.«

Ich wurde am späten Abend geholt. Der Bauer kam mit dem Traktor und sagte mir, dass es so weit sei. Tagsüber hätte die Viktoria noch gar nichts gespürt, aber dann, nach der Vesper, seien die ersten Wehen gekommen.

»Warum hast du mich dann nicht früher geholt? Es geht immerhin gleich auf zehn Uhr zu«, meinte ich vorwurfsvoll.

»Weil die Viktoria gesagt hat, dass es heut nimmer kommen wird. Sie kennt sich doch aus. Dann ist sie noch in den Stall gegangen, aber als sie zurückkam, hat sie sich hinlegen müssen.«

Ich stellte keine weiteren Fragen mehr, warum mich der Bauer nicht früher geholt hatte. Ich kannte den Lois und wusste, dass er die Ruhe weghatte. Sicher hatte er noch das eine oder andere auf dem Hof erledigt, bis er sich endlich auf den Weg machte. Und warum er um Himmels willen mit dem langsamen Traktor losgefahren war und nicht mit seinem VW, das war mir ebenfalls ein Rätsel. Telefon gab es auf dem Hof nämlich keines.

Um wenigstens ein bisschen Zeit gutzumachen, sprang ich gleich in meinen kleinen Lloyd und fuhr, so schnell ich konnte, zum Höhenbergerhof hinauf. Ich kam eine volle halbe Stunde vor dem Bauern an.

Die Viktoria lag mit verzerrtem Gesicht im Bett, und ich sah sofort, dass sie sich bei dieser Geburt schwerer tun würde als bei den voraufgegangenen. Doch sie war tapfer wie immer.

Die Babette hatte alles sorgfältig vorbereitet und saß nun in der Küche, um den Rosenkranz zu beten.

»Wo ist denn der Bauer?«, fragte ich sie, als sie damit fertig war.

»Ach, der hat sich hingelegt, nachdem er vom Dorf heimkam«, erwiderte sie. »So hat er es bis jetzt noch jedes Mal gemacht. Weißt es ja. Aber ich find, heut, wo das Dirndl kommt, hätt er schon aufbleiben können.«

Ich schaute die alte Frau erstaunt an. »Woher willst du denn wissen, dass es ein Mädchen wird?«, fragte ich sie.

»Das weiß ich halt.« Sie nahm wieder ihren Rosenkranz zur Hand und fuhr fort zu beten.

Kopfschüttelnd ging ich hinaus. Ein wenig unheimlich war sie mir schon, die Babette, weil sie gar so sicher war mit ihrer Weissagung. Hatte sie am Ende den sechsten Sinn?

Warten wir es ab, dachte ich und ging zur Viktoria in die Schlafkammer zurück.

Als die alte Standuhr in der Stube zwei Uhr schlug, tat das Neugeborene seinen ersten Schrei. Es war tatsächlich ein Mädchen – die Babette hatte also recht gehabt.

Die kleine Eva war zwei Monate als, als ich noch einmal nach ihr sah. Sie war ein gesundes, schönes Kind, das mich schon freundlich anlachte.

Danach sah ich sie erst wieder, als sie zwanzig Jahre später an meiner Tür stand. Inzwischen war aus ihr eine attraktive junge Frau geworden, obwohl mir ihre ausgefallene Kleidung nicht zu einem Bauernmädchen zu passen schien.

»Ich hätte gerne meine Geburtsstunde gewusst«, sagte sie. »Die Mama weiß es nicht ganz sicher. Können Sie mir genau sagen, wann ich auf die Welt gekommen bin?« Ich war ein wenig erstaunt über diese Anfrage, da ich aber alle Geburten mit Datum und Uhrzeit in einem Buch festgehalten hatte, konnte ich ihr exakt Auskunft geben.

»Ich möchte mir nämlich mein Horoskop erstellen lassen, wissen Sie. Das ist für mich ganz wichtig.«

»Ach, so ist das«, antwortete ich. Schon ein paarmal war man deswegen an mich herangetreten, aber von einer Höhenbergertochter hätte ich das nicht erwartet, denn die Bauern hatten allgemein mit solchem »Hokuspokus«, wie sie es nannten, nicht viel ihm Sinn. Hatte vielleicht die Babette, die vor zwei Jahren hoch betagt verstorben war, bei der Eva einen Sinn fürs Übernatürliche geweckt?

Gerüchte drangen später an mein Ohr, die das Mädchen vom Höhenberg betrafen. Es hieß, dass sie schon mehrere Jahre von zu Hause fort sein sollte. Die Sache interessierte mich, und so unternahm ich an einem schönen Sonntagnachmittag im September einen Spaziergang zum Höhenberg hinauf, um zu erfahren, was aus der Eva geworden war.

Der Alois und die inzwischen erwachsenen Söhne waren auf dem Feuerwehrfest, und die Bäuerin, die ich daheim antraf, war ganz froh, ein wenig Gesellschaft zu haben.

»Wie geht es denn eurer Eva?«, fragte ich sie scheinbar beiläufig, nachdem wir uns vorher über andere Dinge unterhalten hatten. »Sie war vor einem Jahr bei mir und wollte ihre genaue Geburtsstunde wissen.«

Bei diesen Worten glitt ein Schatten über das Gesicht der Bäuerin, und es war mir, als wollte sie zuerst nicht recht mit der Sprache heraus.

»Du musst es mir nicht sagen, wenn du nicht magst«, lenkte ich schnell ein, »wir können auch über etwas anderes reden.«

»Nein, nein«, antwortete sie schließlich, »du hast das Dirndl ja auf die Welt gebracht und sollst auch wissen, was aus ihr geworden ist. Außerdem tut es gut, wenn ich mich einmal ein wenig aussprechen kann.«

Die Bäuerin bot mir Kaffee und Kuchen an, und wir setzten uns auf die sonnige Hausbank.

»So schön hätt ich es jetzt, nachdem die Buben auf dem Hof mithelfen, und dann muss das mit der Eva passieren. Wir dachten uns erst nichts dabei, als sie immer so geheimnisvolle Bücher heimbrachte und so oft fort war. Der Lois hat gemeint, dass das halt so eine Spinnerei von ihr ist. Er hat das Dirndl ja recht verwöhnt, so raubeinig er sonst ist. Doch dann wurden wir allmählich nachdenklich, denn sie blieb immer öfter fort, und eines Tages kam sie gar nimmer heim.«

Die Viktoria fuhr sich mit der Hand über das sonnenverbrannte Gesicht. Tiefe Falten hatten sich mit den Jahren in ihre Haut gegraben – Falten, die nicht allein von der harten Arbeit draußen bei Wind und Wetter zeugten, sondern auch von dem stillen Kummer um ihr einziges Mädchen.

»Und dann«, sprach sie in schleppendem Tonfall weiter, »kam eines Tages ein Brief von einem Anwalt. Die Eva forderte ihren Pflichtteil ein, der zu einem bestimmten Zeitpunkt auf ein angegebenes Konto zu überweisen wär. Etwas später brachte der Postbote einen Brief, der ihre Handschrift trug. ›Sucht mich nicht.

Mir geht es gut. Die Sterne haben mir den richtigen Weg gezeigt‹, schrieb sie darin.« Die Bäuerin begann leise zu schluchzen. »Wir konnten es nicht fassen. War das noch unser braves Dirndl, unsere Eva, über die wir uns so gefreut haben?« Die Bäuerin weinte nun richtig. »Der Lois sprach tagelang kein Wort, nachdem dieser Brief gekommen war. Eine Sekte hat sie sich als neue Heimat ausgesucht, eine fragwürdige Heimat, net wahr?«

Sie warf mir einen ratlosen Blick zu, aber ich wusste keine Antwort, keinen Trost. So traurig es war – niemand hätte vermutlich die Verirrungen dieser jungen Frau aufhalten können, denn sie würde keinen Rat angenommen haben, nicht von ihren Eltern und auch nicht von ihren Brüdern. Sie war den Einflüsterungen eines Sektenpredigers erlegen und hatte nur auf ihre Sterne vertraut, die ihr angeblich einen Weg weisen sollten. Ich glaube nicht, dass es der richtige war.

Besuch aus Tansania

Auch in der Geburtshilfe gibt es Tricks und Kniffe, die in keinem Lehrbuch zu finden sind, aber sich als durchaus nützlich erweisen können. Die Hebammen meiner Generation fanden in den Nachkriegsjahren, gerade auf dem Land, oft noch recht primitive Verhältnisse vor. Aber auch unter solchen Umständen mussten problematische Geburten zu einem guten Ende geführt werden, ganz gleich, ob der nächste Arzt zwanzig Kilometer entfernt wohnte und es kein Telefon gab, um ihn im Notfall zu rufen.

In diesen Fällen war man froh, das eine oder andere »Hausrezept« zu haben, wie man mit einfachen Mitteln selbst bei Komplikationen wirksam Hilfe leisten kann.

Das muss auch der Ordensschwester Eugenie bekannt gewesen sein, als sie mich bat, ihr einige dieser Weisheiten und unkonventionellen Praktiken zu verraten.

Eugenie war in Tansania tätig, und ich traf sie bei einer Cousine von ihr, mit der ich meinerseits befreundet war. Die Schwester war gerade auf Heimaturlaub, um Kräfte zu sammeln für ihre schwere Arbeit im afrikanischen Busch.

Ihr Wirkungsbereich war eine Krankenstation, in der nur begrenzte Mittel zur Verfügung standen. Der nächste Arzt war über hundert Kilometer entfernt und folglich in Notfällen kaum rechtzeitig zur Stelle.

Das alles erzählte mir Eugenie bei Kaffee und Kuchen auf einer gemütlichen bayerischen Terrasse.

Sie sah abgespannt und müde aus, ließ aber keinen Zweifel daran, dass sie ihre Arbeit liebte. »Trotz aller Primitivität und trotz der vielen Schwierigkeiten, mit denen man dort fertigwerden muss, weil das Land noch wenig erschlossen ist, lebe ich doch gerne in Tansania«, erzählte sie beinahe ein wenig schwärmerisch. »Unser Krankenhaus steht am Tanganjikasee.«

»Du wirst es nicht glauben«, schweifte sie dann ein wenig ab und wandte sich dabei an ihre Cousine, »ich war sogar schon auf dem Kilimandscharo. Aber das war vor zehn Jahren«, fügte sie lachend hinzu, »heute käme ich da nicht mehr hinauf.«

Doch dann wurde sie wieder ernst, denn schließlich bereiste sie das ostafrikanische Land nicht als Touristin, sondern war dort als Ordens- und Krankenschwester tätig. So kam sie auch schnell wieder auf das Thema zurück, das ihr besonders am Herzen lag und bei dem sie sich von mir Ratschläge erwartete.

»Auch werdende Mütter kommen zu mir, um bei uns Hilfe zu suchen, wenn es Schwierigkeiten gibt«, sagte sie. »Im Allgemeinen bleiben die Afrikanerinnen bei der Geburt ihrer Kinder in ihren Dörfern und vertrauen sich ihren weisen Frauen an, doch manchmal kommt es zu Komplikationen, bei denen der Einsatz der westlichen Medizin notwendig wird. Leider bin ich jedoch im Bereich der Geburtshilfe fachlich nicht ausgebildet, und es ist für mich oft sehr schwer, wirklich sachkundige Hilfe leisten zu können. Dann fühle ich mich völlig überfordert.«

»Ich sehe es Ihnen an«, sagte ich zu ihr, »dass Sie in diesem Land schwere Arbeit leisten. Da gehört allerhand dazu.« Man merkte es dieser Frau an, dass sie sich selbst aufopferte und nichts kannte als den Dienst an ihrem Nächsten – das war für mich wahres Christentum und wahre Nächstenliebe.

»Ich versuche mein Bestes zu geben«, erwiderte sie bescheiden und fuhr seufzend fort: »Aber ich stoße leider oft, gerade was die Geburtshilfe anbelangt, an meine Grenzen.«

Die Frage, die mir am Herzen lag, behielt ich lieber für mich, stellte sie nur mir selbst: Was geschah eigentlich mit diesen Frauen, denen sie aufgrund ihrer mangelnden Kenntnisse bei der Geburt nicht helfen konnte? Gute Worte und tröstender Zuspruch allein reichten da wohl kaum aus, konnten nicht den gewünschten Erfolg, den glücklichen Ausgang bringen. Ich fragte mich insgeheim, wie viele werdende Mütter und Wöchnerinnen angesichts dieser Umstände schon sterben mussten und noch sterben würden.

Als hätte Eugenie meine Gedanken erraten, bemerkte sie nachdenklich: »Die Anforderungen, die an mich gestellt werden, sind manchmal einfach nicht zu bewältigen. Dann fühle ich mich leer und ausgepumpt, körperlich und auch geistig, dann kann ich nur noch zu meinem Herrgott beten, dass er mir immer wieder neue Kräfte gibt, mich nicht im Stich lässt, so dass ich meiner Verantwortung weiter gerecht werden kann.«

»Erzähl uns doch ein wenig von Tansania«, lenkte Klara, ihre Cousine, vom Thema ab.

»Tansania ist ein schönes Land«, erwiderte Eugenie, offensichtlich dankbar, dass ihre Cousine versuchte, sie auf andere Gedanken zu bringen, denn schließlich war sie auf Urlaub gekommen, um Abstand zu gewinnen und sich in Bayern zu erholen.

»Ab dem achten Jahrhundert nach Christi stand die ganze Küstenregion Tansanias unter islamischem Einfluss«, wusste sie zu berichten, denn Schwester Eugenie war nicht nur eine hingebungsvolle Krankenschwester, sondern besaß auch eine ausgezeichnete Allgemeinbildung. Vor allem hatte sie sich eingehend mit dem Land vertraut gemacht, in dem sie jetzt lebte, und so konnte sie uns viel über Tansania erzählen – über seine wechselvolle Geschichte, seine atemberaubend schöne Landschaft, die von Bergen, Seen und Savannenland geprägt war. Sie berichtete auch von dem Problem der tückischen Tsetsefliege, die die Schlafkrankheit auslöst und eine wahre Geißel des Landes ist.

Doch irgendwann kamen wir unweigerlich wieder auf ihre Arbeit zu sprechen. Sowohl Eugenie wie auch mich ließ dieses Thema einfach nicht los, so oft auch Klara versuchte, unsere Fachsimpelei zu unterbrechen.

»An manchen Tagen fehlt es in unserer Station einfach an allem«, berichtete Eugenie, »dann gibt es keine Impfstoffe und keine Medikamente, und die hygienischen Verhältnisse sind ohnehin meist katastrophal. Wie oft hatte einer von meinen Patienten bloß eine kleine Verletzung, und er wurde lebensgefährlich krank, weil ich ihm keine Tetanusspritze geben konnte.«

»Davon kann ich auch ein Lied singen, obwohl wir hier andere Verhältnisse haben«, meinte ich seufzend und erzählte ihr, dass ich einmal zu einer Bäuerin gerufen wurde, deren Kind im Stall auf schmutzigem Stroh zur Welt gekommen war. »Als ich eintraf, war es schon da, und ich konnte nichts mehr machen. Die Bäuerin bekam durch die Unsauberkeit bei der Geburt

Kindbettfieber und musste sofort ins Krankenhaus gebracht werden, konnte aber durch die Verabreichung von Penicillin gerettet werden. Auch die Witterungsverhältnisse, mit denen ich als Hebamme zu kämpfen habe, sind manchmal katastrophal«, erklärte ich der Schwester, die in einem gänzlich anderen Land, unter gänzlich anderen Umständen arbeitete, wo die klimatischen Verhältnisse so völlig verschieden waren von den unseren, speziell von den häufig strengen Wintern im Voralpenland.

»Ich musste mich schon oft durch meterhohen Schnee zu Einödbauern kämpfen. Mein Wagen blieb stecken, und ich konnte dann schauen, wie ich zu Fuß weiterkam, immer die Angst im Nacken, dass ich zu spät kommen könnte, dass das Kind ohne mich zur Welt kam.«

Es gab einige Situationen, in denen ich unter widrigsten Umständen Kinder entbinden musste. Einmal war es eine Geburt draußen auf dem Feld, dazu bei einem heftigen Unwetter, ein anderes Mal musste ich einer durchreisenden Sintifrau beistehen, die ihr Kind in einem Zigeunerwagen gebar. Gott sei Dank ging beides gut ab, aber solche Bedingungen beinhalteten immer ein Risiko für das Leben von Mutter und Kind, und so war ich nach solchen Entbindungen nicht nur unendlich erleichtert, wenn alles in Ordnung war, sondern auch maßlos erschöpft.

»Wie oft hat mir schon ein schweres Bügeleisen gute Dienst geleistet bei drohender oder beginnender Blutung nach der Geburt eines Kindes, oder die zum Eisbeutel umfunktionierte Wärmflasche, die ich mit Schnee oder Eiszapfen, im Sommer mit kaltem Brunnenwasser gefüllt habe.«

»Eiszapfen und Schnee werde ich in Tansania wohl kaum auftreiben«, meinte Schwester Eugenie lachend, »denn schnell auf den Kilimandscharo hinaufzulaufen, wäre doch ein wenig zu langwierig. Den Tipp mit dem Bügeleisen bei Blutungen werde ich mir allerdings merken«, fügte sie hinzu.

Ich habe diesen interessanten Nachmittag bis heute in angenehmer Erinnerung behalten, da wir, die Ordensschwester aus Afrika und die Landhebamme aus Bayern, bei aller Unterschiedlichkeit der Arbeitsbedingungen die Freude an unserem Beruf teilten, den wir beide als Berufung betrachteten. Eugenie hatte sich ganz in den Dienst der Nächstenliebe gestellt und kannte weder Rassenunterschiede noch andere Vorurteile – so wie ich mich immer bemüht habe, alle Mütter gleich zu behandeln ohne Ansehen ihrer gesellschaftlichen Stellung. Schließlich zählte, wenn man ein gesundes Kind in den Arm der Mutter legen konnte, nur dieses Wunder der Natur und sonst nichts. Darüber vergaß man alle Strapazen und Sorgen, daneben schien alles andere nebensächlich. In diesem Sinn gab es viele Parallelen zwischen Schwester Eugenie aus dem Busch und mir, der Hebamme aus dem Voralpenland. Nur eines unterschied uns sicher deutlich: Schwester Eugenie musste viel öfter den Tod einer jungen Mutter in Kauf nehmen, weil keine ausreichende Hilfe zur Verfügung stand. Das blieb mir erspart, weil ich, von ganz wenigen Ausnahmen abgesehen, stets einen Arzt zur Seite hatte, der lebensrettend eingreifen konnte.

Durch die politischen Unruhen, die später in Tansania auftraten, musste Schwester Eugenie ihre Krankenstation am Tanganjikasee verlassen, wie ich von ihrer Cousine Klara erfuhr. Doch mehr wusste sie nicht und konnte also nicht sagen, was mit dieser großartigen, selbstlosen Frau geschehen war, ob sie von ihrem Orden in ein anderes Land abberufen wurde oder ob sie bei den Unruhen ums Leben kam. In ihr Heimatland ist sie jedoch nie mehr zurückgekehrt.

Ihre letzten Worte beim Abschied klingen mir noch heute in den Ohren: »Kommen Sie mit mir nach Afrika! Frauen wie Sie werden dort dringend gebraucht. Sie könnten so vielen Menschen helfen, und es wäre etwas Neues für Sie.«

»Nein, Schwester«, antwortete ich ihr, »ich habe hier meine Aufgabe, meine Familie, und Bayern ist meine Heimat. Ich gehöre hierher. Auch hier kann ich helfen, mit vollem Einsatz Mutter und Kind zur Seite stehen. Aber Gott schütze Sie bei Ihrer schweren Aufgabe.«

Das Christkindl

Ausgerechnet am Heiligen Abend wurde ich zu den Niederbergers gerufen, wo es bei der Herta offensichtlich so weit war. Ich kannte die Familie gut, es waren rechtschaffene Leute, der Mann ein angesehener Handwerksmeister. Das Ehepaar hatte schon drei Söhne, lebhafte Lausbuben mit dunklen Haaren und roten Backen, die davon zeugten, dass sie sich viel an der frischen Luft aufhielten. Den ganzen Tag tobten sie draußen herum und warteten schon seit Wochen auf den ersehnten Schnee, um eine Schneeburg bauen und sich mit den Nachbarskindern eine Schneeballschlacht liefern zu können. Das hatten sie mir bei meinem letzten Besuch, als ich nach ihrer Mutter sah, erzählt. Aber der Schnee war einfach nicht gekommen.

Heute jedoch sollte ihr Wunsch in Erfüllung gehen, denn schon am Morgen hatte es zu schneien begonnen, und als ich am späten Nachmittag bei den Niederbergers eintraf, lag schon ein halber Meter Schnee auf der großen Wiese hinter dem Haus.

Tante Josefine, Hertas Schwester, öffnete mir die Tür und empfing mich mit den Worten: »Gut, dass du kommst. Es kann nicht mehr lange dauern.« Als ich dann aber nach der werdenden Mutter sah, stellte ich schnell fest, dass sich die Geburt noch eine Weile hinziehen würde.

Kaum, dass ich neben Hertas Bett Platz genommen hatte, stürmte schon einer der Buben ins Schlafzimmer. Schneebedeckt von draußen kommend, lief er zur Mutter hin. »Ist der Bruder immer noch net da?«, fragte er ungeduldig. »Ich hab mir gedacht, wenn wir die Schneeburg fertig haben, ist auch das Brüderchen da.«

»Wie kommst du denn darauf, dass es ein Junge wird?«, fragte ich den Florian lachend.

»Weil ich mir einen Bruder wünsche. Was sollen wir denn mit einem Dirndl, mit der kann man sich doch keine Schneeballschlacht liefern, und Schneeburgen bauen können die Mädchen auch net gescheit.«

»Dein Vater und ich wünschen uns aber ein Mädel, nachdem wir schon euch drei Lauser haben, und hoffen ganz fest, dass es dieses Mal klappt«, meinte die Mutter mit schwacher Stimme. Sie hatte gerade eine recht schmerzhafte Wehe hinter sich.

»Ihr könnt euch wünschen, was ihr wollt, das wird ein Bub«, erwiderte der Florian überzeugt und lief wieder hinaus, weil es ihm zu langweilig war bei uns. Er hinterließ dabei eine riesige Wasserpfütze, denn er hatte sich vor Betreten des Zimmers weder den Schnee von den Stiefeln geklopft, noch seine Mütze ausgeschüttelt.

»Du lieber Himmel, wie sieht es denn hier wieder aus!«, rief die Josefine, als sie hereinkam. »Zieh dir das nächste Mal gefälligst die Stiefel aus und den nassen Anorak«, rief sie dem Buben nach. »Folgen tut ihr mal wieder überhaupt nicht«, schimpfte sie weiter.

»Ich bin schon wieder draußen«, rief der Florian vom Flur her und schlug die Haustür hinter sich zu.

»Das ist vielleicht eine Rasselbande«, sagte die Josefine und wischte die Pfütze auf. »Da wär's wirklich gut, wenn es dieses Mal ein Dirndl würde, denn noch so ein Lausbub, das schaffst selbst du nicht mehr, Herta«, wandte sie sich an ihre Schwester.

»Freilich wünschen wir uns ein Dirndl«, antwortete diese, »aber du weißt es ja selbst, dass es nicht nach den eigenen Wünschen geht. Und außerdem ist es immer noch die Hauptsache, dass das Kind gesund ist – egal, ob Bub oder Mädel.«

»Wird es denn noch lange dauern?«, fragte mich die Josefine.

Ich untersuchte noch einmal die Herta und meinte dann: »Es ist noch nicht so weit; ihr müsst euch alle noch ein wenig gedulden.«

Für mich war es auch nicht gerade angenehm, den Heiligabend nicht im Kreis meiner Familie verbringen zu können, dachte ich mir, behielt diesen Gedanken aber lieber für mich.

»Bei den Buben ist es immer so schnell und komplikationslos vor sich gegangen«, jammerte die Herta, »es ist doch alles in Ordnung, oder?«

»Freilich ist alles in Ordnung. Sei nur ganz ruhig, Herta. Es wird schon alles gutgehen.« Trotzdem wollte ich auf Nummer sicher gehen und ließ mir für den Fall eventueller Komplikationen von der Josefine eine Blechwärmflasche geben, die sich auch, mit Eis gefüllt, gut zum Kühlen eignete, falls es zu unerwarteten Blutungen kommen sollte, die gestillt werden mussten.

Eine weitere Stunde verging, ohne dass etwas geschah. Als es begann, dunkel zu werden, stürmten die Buben mit lautem Getöse herein, was die kinderlose Tante die Hände über dem Kopf zusammenschlagen ließ. »Seid ihr denn jetzt ganz verrückt geworden und rennt mit dem nassen Zeug in die Wohnung! Marsch, in den Keller, und hängt dort alles zum Trocknen auf! Du lieber Himmel, ich weiß nicht mehr, wo mir der Kopf steht! Und das am Heiligabend! Die Kartoffeln hab ich auch noch nicht auf den Herd gesetzt, und jetzt wird gleich der Karl kommen. Der hat sicher Hunger«, hörte ich sie im Flur lamentieren.

Die Herta hörte es auch und lächelte schwach. »Jetzt sieht die Josefine einmal, wie das zugeht mit so einer Rasselbande. Sie säß jetzt wohl lieber in ihrer ruhigen, gemütlichen Wohnung vor dem Fernseher. Dabei hat sie sich immer so sehr Kinder gewünscht. Aber es hat nicht geklappt. Vor drei Jahren ist ihr Mann ganz überraschend gestorben, und jetzt ist sie ganz allein. Ich möchte trotz der vielen Arbeit, die ich mit meiner Familie hab, nicht mit ihr tauschen. Alles kann man halt nicht im Leben haben.«

Allmählich erfüllte der Geruch von süßsäuerlichem Sauerkraut das Haus, denn bei den Niederbergers war es Tradition, am Heiligabend Schweinswürstel mit Salzkartoffeln und Sauerkraut zu essen.

»Aber kochen kann sie gut, die Josefine«, erzählte die Herta weiter, um sich von den Wehen abzulenken, die jetzt immer häufiger kamen. »Doch das hilft mir heute nichts, denn ich bring keinen Bissen herunter.«

Nachdem für etwa eine halbe Stunde Ruhe im Hause geherrscht hatte, wurde es wieder laut, denn die Buben rannten und schrien erneut herum.

»Heute sind sie wirklich außer Rand und Band«, konnte ich mich nicht enthalten zu sagen. »So habe ich sie noch nie erlebt.«

»Na ja«, meinte die Herta entschuldigend, »erstens ist Weihnachten, da sind die Kinder immer besonders unruhig, und dann nützen sie natürlich die Situation aus, denn sie spüren ganz genau, dass ihre Tante mit Kindern nicht recht umgehen kann. Wenn der Karl kommt, wird er sie schon zur Räson bringen.«

»Muss dein Mann immer noch arbeiten?«, fragte ich die Herta mit einem verständnislosen Blick.

»Ja, so ist das halt, wenn man einen selbstständigen Schreinermeister zum Mann hat. Ich bin das gewöhnt, dass der Karl am Heiligabend noch in der Werkstatt ist. Da macht er das fertig, wozu er vorher nicht gekommen ist.« Die Herta schwieg nun, weil die Wehen immer heftiger wurden und sie voll beanspruchten.

»Maria und Josef«, stöhnte sie nach einer Weile, »warum dauert es denn dieses Mal gar so lang?«

Ich wischte ihr begütigend den Schweiß von der Stirn und ärgerte mich über den Lärm im Haus, der langsam unerträglich wurde. Konnte die Josefine die Kinder denn überhaupt nicht im Zaum halten? Die tanzten ihr ja komplett auf der Nase herum. Und je mehr sie mit ihnen schimpfte, umso wilder wurden sie.

Ich war erleichtert, als endlich der Karl heimkam, doch bevor er sich um seine Söhne kümmerte, sah er zunächst nach seiner Frau.

»Wie geht es dir denn, Herta? Hast arge Schmerzen?«, fragte er besorgt.

»Es geht schon.« Sie versuchte tapfer zu sein. »Sieh du nur nach den Buben. Es scheint mir, dass die Josefine nicht mit ihnen fertig wird.«

Der Karl ging wieder hinaus, und nach einer Weile wurde es tatsächlich ruhiger. Die Kinder schienen eine andere Beschäftigung gefunden zu haben, als durch sämtliche Zimmer zu rennen, um Verstecken oder Fangen zu spielen. Ich war erleichtert, denn während der Geburt konnte man so einen Lärm wirklich nicht brauchen.

Zwei Stunden war ich nun allein mit der werdenden Mutter. Nur der Karl schaute ab und zu herein, beschäftigte sich dann aber gleich wieder mit den Buben. Das Essen und die Bescherung waren inzwischen längst vorbei.

»Warum zieht es sich dieses Mal nur so in die Länge?«, war die ständige Frage der Herta. »Warum mag dieses Kind nicht kommen?« Ich versuchte sie zu beruhigen und erklärte ihr, dass es eben immer anders verlaufen konnte und dass wir uns gedulden müssten. Es gebe keinen Hinweis, dass irgendetwas nicht normal sei, tröstete ich die verzweifelte Herta.

Es war inzwischen Mitternacht geworden. Vom Dorf her läuteten die Glocken zur Christmette, und wir warteten immer noch auf das Kind, das auf dem Weg in sein Leben keine Eile zeigte.

Eine Stunde später aber war es dann so weit – in der Weihnachtsnacht drängte ein kleines Mädchen mit dunklem Haarschopf mit aller Gewalt ans Licht der Welt. Ein wenig mitgenommen sah es aus von den Strapazen auf seinem langen, schwierigen Weg ins Dasein, aber es war gesund, und sein erster Schrei klang kräftig und laut.

Die Eltern waren überglücklich, dass sich ihr Wunsch nach einem Mädchen erfüllt hatte – es war ihr schönstes Weihnachtsgeschenk.

»Es ist tatsächlich ein Dirndl!«, rief die Herta mit schwacher, aber seliger Stimme aus, als ich ihr das Neugeborene in den Arm legte.

Nun kamen auch der Karl und die Josefine herein und bestaunten den neuen Erdenbürger.

»Ein Christkindl haben wir also, das muss ich gleich den Buben sagen. Sie schlafen zwar schon, aber heute ist ein Ausnahmetag, da weck ich sie auf.«

Es dauerte eine Weile, bis drei dunkelbraune Augenpaare völlig schlaftrunken zur Tür hereinschauten und sechs nackte Füßchen schließlich zum Bett der Mutter tappten, um dieses Wunder zu bestaunen.

»Ein kleines Christkindl haben wir«, wiederholte der Vater, »was sagt ihr denn dazu?«

Stumm und schüchtern betrachteten die drei, die plötzlich zu artigen Buben geworden waren, ihr Schwesterchen. Nichts war mehr von ihrer Wildheit zu spüren.

Das Neugeborene, das zufrieden und geborgen im Arm seiner Mutter ruhte und an seinem Fingerchen nuckelte, merkte nicht, dass es von allen Seiten begutachtet wurde, besonders von den Buben, die inzwischen hellwach waren.

»Na, wie gefällt euch denn eure kleine Schwester?«, fragte die Herta mit einem glücklichen Lächeln und sah dabei zum Florian hin, dann zum Ludwig und zum Sebastian, deren Gesichter keinerlei Freude, nicht einmal ein kleines Lächeln zeigten.

Ich nahm das Kind aus dem Arm der Mutter, damit sie sich ausruhen konnte, und legte es in die Wiege, die neben dem Bett stand und die der Karl eigens für den neuen Erdenbürger geschreinert hatte.

Die Buben starrten weiter gebannt, aber schweigend auf das Schwesterchen, das nun friedlich schlafend in seiner Wiege lag.

»Lieb schaut es aus, euer Schwesterlein, nicht wahr?«, fragte die Herta, in deren blassem Gesicht immer noch ein seliges Lächeln stand. »Wir werden sie

Christine nennen, gell, Karl, das war so ausgemacht«, wandte sie sich nun an ihren Mann, als ihr die Buben keine Antwort gaben.

Der Karl nickte bestätigend, und die Josefine meinte: »Ja, das ist ein schöner Name, so hätt ich mein Kind auch genannt, wenn mir eines geschenkt worden wäre. Aber der Herrgott hat es net gewollt. Dafür hast du nun vier Kinder«, fügte sie zur Herta gewandt hinzu.

Dann trat wieder Schweigen ein, und alle blickten auf das ein wenig verrunzelte und verbeulte Köpfchen der Kleinen.

Da rang sich endlich der Sebastian, der Jüngste von den dreien, zu einer Antwort durch und meinte trocken: »Nein, schön ist die net. Die ist ja sauber verhutzelt und so faltig. Mir gefällt die net.«

»Ist die denn schon so alt?«, fragte nun der Florian seine Eltern.

»Wär gescheiter, wir tauschen sie um für ein anderes Kind, das net so viele Runzeln hat«, gab nun auch noch der Ludwig seine Meinung ab, die ganz mit der seiner Brüder übereinstimmte.

Die Mutter wollte den Kommentar ihrer drei Lauser schon mit einem nachsichtigen Lächeln abtun, als zu allem Überfluss auch ihr Mann ins gleiche Horn stieß und sagte: »Na ja, schön ist sie nicht gerade, aber sie wird sich schon zurechtwachsen.« Das war der Herta nun endgültig zu viel, und sie konnte nur noch mit den Tränen kämpfen. Als auch die Josefine nichts zur Verteidigung der kleinen Christine sagte, sondern nur schwieg, fühlte sich die Herta tief gekränkt über die Abwertung ihres so sehr erwünschten kleinen Mädchens.

»Die kleine Christine ist ein hübsches Kind«, beharrte sie, »das wird die Hebamme auch bestätigen. Ihr versteht doch nichts davon.«

»Na, ja, sie wird schon noch werden«, versuchte der Karl seine Frau zu beruhigen.

Aber damit gab sich die Herta nicht zufrieden und rief, noch immer verletzt, aus: »Ich möchte dich einmal sehen, wenn man dein Gesicht ein paar Stunden lang an die Wand drücken würde, wie du dann aussehen würdest.«

Ich sah den Buben an, dass sie mit diesem Gespräch überfordert waren. Den Papa an die Wand drücken! Ja, warum sollte man denn das tun? Das verstanden sie nicht.

»Warum sollten wir den Papa denn an die Wand drücken?«, fragte mich tatsächlich sogleich der Sebastian, der es nun genau wissen wollte.

»Aber das ist doch nur so eine Redensart«, meinte ich lachend zu ihm, »du darfst nicht immer alles ernst nehmen, was die Erwachsenen so reden.«

Mit verwirrten Gesichtern und mit ihrem neugeborenen Schwesterchen äußerst unzufrieden, wurden die drei Buben von Tante Josefine wieder in ihre Betten gebracht, in denen sie dem ersten Weihnachtsfeiertag entgegenschliefen. Ich war mir sicher, dass sie alle nur von dem kleinen, hässlichen Entlein träumten, ihrem Schwesterchen, das sie in der Christnacht bekommen hatten.

Schon bald verschwanden die Spuren der harten Geburt, und das hässliche Entlein mauserte sich zu einem schönen Schwan, auf den die drei Brüder sehr stolz waren, und keiner von ihnen wollte sich mehr daran erinnern, dass sie die kleine Christine zuerst gegen ein anderes Kind austauschen wollten.